행복은 아직
배송 중

마일리 지음

배송 전
내 인생에 '행복'은 없어!

배송 시작
'행복' 주문 완료!

배송 중
매일 도착하는 나만의 '행복'

에필로그

추천사

────── 드라마 〈기상청 사람들: 사내연애 잔혹사 편〉 선영 작가

너무 잘하려고 하지 마!

이런 말을 들을 때면 마음이 서운해집니다.

너무 잘하려고 하지 않으면 중간에도 이르지 못하는 세상이니까요.

그만큼 넘어질 일도 많습니다. 이 책은 아마 그런 우리에게 큰 위로와 도움이 될 겁니다.

누구나 넘어질 수 있다는 위로와 안심. 그럼 이제 어떻게 일어나서 다시 나의 삶을 살아가야 할지 도움을 주기 때문이죠.

회복탄력성이 주목받는 세상입니다.

하지만 내 삶에 적용하기란 말처럼 쉽지 않을뿐더러 막연하기까지 합니다.

작가의 글을 읽다 보면 조금씩 '나만의 방법과 계획'이 떠오릅니다.

다른 분들께도 도움이 되길 바랍니다.

'지금의 괴로움은 그저 미래의 행복을 위한 과정일 뿐이라고.

불행을 마치 행복하기 위해 당연히 치러야 할 대가처럼 여겨왔다.'

저자의 이 말에 얼마나 많은 사람이 공감할까 생각해 본다.

오늘 하루도 참고 버티고 애쓰다 보면 언젠가는 행복해질 거라고,

그렇게 믿고 있는 사람은 또 얼마나 많을까 생각해 본다.

그러나, 행복이란 감정이다.

그 순간에 느껴지는 기분이다.

내일만 보느라 오늘을 살지 못하는 사람은 절대로 만날 수 없는 신기루다.

저자는 자신의 아픈 경험담을 통해

끝없는 갈증으로 목이 타는 이들에게 다정한 위로를 건네는 것 같다.

행복은 긴 고난의 여정 끝에 획득하는 보물이 아니라

그 긴 여정을 함께하는 친구 같은 존재가 아닐까 하고.

아직 배송 중인 행복은 하나가 아니라

아마도 당신이 앞으로 살아갈 날의 수만큼 남아있는 게 아닐까 하고.

행복은 아직 배송 중

나는 해피엔딩이 좋다. 온갖 시련과 고난을 겪은 주인공이
결국 모든 걸 극복하고, 끝내 행복을 맞이하는 이야기. 마지
막 장을 덮을 때, 주인공의 삶이 평화로워진 덕분에 내 마음
도 함께 포근해지는 기분이 들었다. 아픔과 슬픔이 지나간
자리엔 반드시 따뜻한 순간이 찾아온다는 믿음, 어쩌면 그
걸 원했는지도 모르겠다.

그래서일까, 자연스럽게 나도 그런 결말을 꿈꾸게 되었다.
어린 시절, '행복'이 정확히 무엇인지 알지 못했지만, 이야
기 속 주인공들처럼 언젠간 나도 행복해질 거라는 막연한
믿음이 있었다.

삶이 평탄치 않을 때마다 생각했다. 지금의 괴로움은 그저 미래의 행복을 위한 과정일 뿐이라고. 불행을 마치 행복하기 위해 당연히 치러야 할 대가처럼 여겨왔다. 하지만 시간이 흐를수록 내가 꿈꾸던 삶과 점점 멀어져 가는 상황을 바라보며, 앞으로 내 인생에 해피엔딩은 없을 것 같았다.

이후, 나조차도 알아차리지 못했던 마음의 병을 발견하면서 '행복'에 대해 다시금 생각해 보는 시간을 갖게 되었다. 내가 바라는 행복이 무엇인지, 언제 기쁨을 느끼는지, 현재 내 마음이 어떤 상태인지.

돌이켜보니 나는 그동안 행복을 너무 멀리서만 찾으려 했다. 그래서 정작 눈앞의 작은 행복들은 무심코 흘려보냈다. 일상 속 스쳐 지나갔던 기쁨의 순간들을 온전히 누리기 위해서는, 잃어버렸던 **행복을 느끼는 '감각'**을 되찾아야 했다.

수많은 우여곡절 끝에, 나는 행복이 아직 '배송 중'이라는 사실을 깨달았다. 오늘 행복하지 않다고 해서, 영영 불행하라는 법은 없었다. 그저 아직 내게 오는 중일 뿐.

어떤 날은 당일 도착을 기대했지만, 여전히 물류창고에 머물러 있어 실망하기도 했고, 또 어떤 날은 총알 배송처럼 빨리 도착해 뜻밖의 기쁨을 주기도 했다.

행복은 늘 그렇게 예측할 수 없는 방식으로 찾아온다.

행복이 너무 어렵게만 느껴지는 당신에게,

인생의 방향성을 잃고 행복감까지 흐려진 당신에게,

세상에 홀로 남은 것 같은 외로움에 사무치는 당신에게,

따뜻한 위로를 건네고 싶다.

오늘 불행했다고 해서 내일도 반드시 불행할 거라고 단정 짓지 말자고,

내일은 새로운 행복이 선물처럼 마음의 문 앞에 도착해 있을지 모르니,

포기하지 말자고.

우린 언제고 행복해질 수 있다고.

어쩌면 눈치채지 못했을 뿐,

이미 행복해지고 있다고.

배송 전

내 인생에 '행복'은 없어!

말도 안 돼, 내가 우울증이라니!

　내 인생에 '우울증'은 절대 없을 줄 알았다. 우울증은 감정적으로 연약한 사람들만 겪는다는 편견이 있었다. 스스로 감정보다 이성이 강한 사람이라 믿었기에, 우울 같은 감정은 나와 거리가 멀다고 자부했다. 불필요한 감정싸움에 휘말리지 않으려 애썼고, 감정을 있는 그대로 마주하기보다는 철저히 통제하려고 노력했다. 차분하고 이성적이며 감정을 완벽히 다스릴 줄 아는 사람이야말로 현명한 사람이라 믿었다.

하지만 돌이켜보니, 나는 감정을 조절한 것이 아니라, 그저 억눌러왔을 뿐이었다. 스스로를 끊임없이 채찍질하며 긴장 속에 달려온 삶은, 결국 내 안의 모든 에너지를 완전히 집어삼켜 버렸다. 이성적으로 판단하고 냉정하게 살아왔다고 믿어왔는데, 사실은 폭주하는 감정을 외면하고 억누르기에 바빴다. 그동안 옳다고 생각해 온 삶의 방향과 믿음은 그렇게 한순간에 와르르 무너져 내렸다.

나약함을 드러내는 것은 언제든 날 무너뜨릴 시한폭탄 같은 존재라 생각했다. 타인에게 약점을 들키는 순간, 마치 유리 조각처럼 금방이라도 산산이 깨져버릴 것만 같았다. 그래서일까, 나는 스스로를 더욱 꽁꽁 싸매며 감정을 단단히 숨겨왔다.

특히 외국에서 살았을 때는 소심한 성격이 약점이 될까 더 두려웠다. 인종차별을 당할지도 모른다는 불안감에 원래의 나를 완전히 감춘 채 새로운 성격을 창조해 냈다. 처음엔 그게 최선의 방어라 믿었지만, 하루하루가 지날수록 나 자신과의 괴리감은 점점 커져만 갔다. 낯선 환경에서 살아남기 위해 택한 방식이었지만, 그 과정에서 나는 나를 지워가고 있었다. 하나도 괜찮지 않은데, 스스로를 속이며 언제나 괜찮아 보이는 사람으로 포장했다. 애써 웃고, 애써 아무렇지 않은 척했지만, 그럴수록 마음 깊은 곳에서부터 스며드는 우울감은 더욱 짙어져 갔다.

우울증은 소리 소문 없이 들이닥친다. 문을 두드리지도, 예고장을 보내지도 않는다. 내면 깊숙한 곳에 조용히 스며 든 우울 찌꺼기들이 한순간에 터져버린 것처럼, 삶 전체를 잠식해 버린다. 그래서 우울증을 앓는 사람들에게 '정확히 언제부터 우울했나요?'라고 물으면, 대부분 답하지 못한다. 그건 나 역시 마찬가지다. 그 시작을 짐작만 해볼 뿐이다.

낯선 이국땅에서 어깨를 잔뜩 움츠리고 다닐 때부터였을 까? 아니면 매일 자정이 넘은 늦은 시각 겨우 퇴근해 지친 몸을 소파에 던지고 습관처럼 술을 꺼내 들던 그때였을까? 술 없이 잠들 수 없는 날들이 이어졌고, 취해야만 머릿속을 가득 채운 생각들을 간신히 잠재울 수 있었다. 하지만 다 음 날 아침이면 어김없이 불안과 초조가 다시 나를 덮쳐왔 다. 남들과 다른 길을 걷는 것에 대한 두려움, 주변의 기대 를 저버릴 수 없다는 압박감이 매일 나를 짓눌렀다. 가슴이 너무 답답해 티셔츠의 얇은 촉감조차 쓰라렸다. 추운 겨울

날에 목도리를 하지 못하고 브이넥 티셔츠만 입고 다닐 정
도였다.

그러던 어느 날, 퇴근 후 지하철을 타고 가던 중, 왕왕거리
는 소리와 함께 순간 눈앞이 새까매졌다. 갑자기 숨이 턱 막
혔고, 공기가 모자란 듯 가슴이 조여왔다. 머릿속이 멍해지
면서 목은 바짝 타들어 갔다. 처음 겪는 공포스러운 상황에
몸이 그대로 굳어버렸다. 지하철 내부는 마치 용광로처럼
뜨겁고 답답했다. 온 힘을 다해 손잡이를 붙잡았다. 손에는
땀이 흥건히 고여있었다. 다리에 힘이 빠져 휘청거리는 것
도 간신히 버텨냈다. '이러다 바닥에 쓰러지는 거 아니야?'
그 순간 본능적으로 몸을 움직여, 모르는 역에 황급히 뛰어
내렸다. 플랫폼에 내리자마자 속은 더 메슥거려왔고, 손발
은 덜덜 떨렸다. 도대체 내게 무슨 일이 벌어지고 있는지 알
수 없었지만, 그저 사람들의 시선으로부터 도망쳐야겠다는
생각밖에 들지 않았다. 몸이 비명을 지르고 있었다. 그만 혹
사시키라고. 이미 한계에 도달했다고.

나는 그 길로 다니던 직장을 그만두고 스스로 동굴 속으로
들어갔다. 일상생활을 포기하는 것 외에 다른 선택지가 없

었다. 나를 둘러싼 모든 것에서 도망치고 싶었다. 그렇게 한동안 무작정 햇빛을 피했다. 24시간 내내 암막 커튼에 의존한 채 대부분의 시간을 잠으로 축냈다. 깨어 있는 것과 잠들어 있는 것이 무슨 차이가 있는지 모를 정도로 하루가 흐릿하게 흘러갔다. 몸을 움직일 힘도 없었기에, 당연히 밥 먹을 생각조차 들지 않았다. 누구보다 먹는 걸 좋아했던 내가 두 달 만에 10kg이 빠져 있을 정도로 식욕도 없어졌다. 하루 종일 무기력하게 엎드려 울기만 했다. 눈물엔 이유가 없었다. 그냥 숨 쉬듯이 흐를 뿐이었다. 암흑처럼 어두운 방 안에선 미래가 보이지 않았다. 살아야 할 이유를 찾을 수 없었다. 숨 쉬는 행위조차 고통스러워 하루에도 수십 번씩 '이렇게 사느니 차라리…'라는 생각이 들었다. 하지만 시도는 못 했다. 죽고 싶은 마음보다 남겨질 가족들에 대한 미안함이 더 컸던 것 같다.

'정신과'라는 문턱은 내게 너무나 높았다. 스스로 감정보다 이성이 강한 사람이라고 믿었기에, 정신과를 찾는 일은 패배를 인정하는 것처럼 느껴졌다. 그래서 방에 틀어박혀 나름대로 내 증상을 객관적으로 분석하려 애썼다. 하지만 그런 시도는 결국 부정적인 결론에만 다다르게 했다. '세상에 나보다 어렵고 힘든 사람이 얼마나 많은데.', '도대체 나는 뭐가 문제여서 이러고 있는 거야?', '이렇게 살아서 뭐 해.' 와 같은 생각들이 꼬리에 꼬리를 물었다. 스스로를 더 몰아붙였고, 끝에는 더 극심한 우울감에 젖어 들었다. 결국 더 이상 지켜만 볼 수 없었던 가족의 손에 이끌려 병원에 가게 되었다.

그리고 나는 '우울증'과 '공황장애'를 진단받았다. 어느 정도 예상은 했지만, 막상 두 귀로 직접 들으니 더욱 믿고 싶지 않았다. 그저 스트레스가 너무 쌓여 잠깐 힘든 시기를 겪는 것뿐이라고, 스스로를 속이고 싶었다. 내가 우울증이라니? 공황장애라니? 말도 안 된다고 생각했다. 하지만 선생님의 단호한 목소리는 사태의 심각성에 쐐기를 박았다.

그나마 다행인 것은 아직 초기 단계라 약물 처방과 상담만으로도 치료가 가능하다는 것이었다. 선생님께선 꾸준함을 강조하셨는데, 그건 적어도 1년 이상의 치료를 각오해야 한다는 뜻이었다. 당장 내일도 그려지지 않는데, 1년이라니. 너무 막연하고 멀게만 느껴졌다. '과연 내가 1년 뒤에는 괜찮아질 수 있을까?'에 대한 확신도 없었다.

그럼에도 병원에 계속 다녀보기로 결심했다. 솔직히 말하면, 더는 버틸 힘이 없어서였다. 이성적으로 내 상태를 정의해보고 나아지려고 애써봤지만, 도무지 혼자서 답을 찾을 수 없었다. 그런데 상담을 통해 차츰 알 수 있었다. 내가 왜 이렇게까지 지쳐있는지, 어떤 감정들이 나를 옥죄었는지. 이해되지 않던 상황과 감정들이 하나둘 정리되기 시작했다. 희미하지만 나에 대한 희망의 끈이 어렴풋이 보이는 듯했다.

어둠 속에서 울기만 하던 나는 그즈음부터 제 발로 집 밖을 나설 수 있게 되었다. 겨우 2주에 한 번 병원에 가는 일정뿐이었지만, 변화를 주기에 충분한 첫걸음이었다. 새하얀 약봉지를 받으며, 매일 아침저녁으로 세 알씩 복용하라는 처방을 받았다. 선생님 말씀대로 꾸준히 병원에 다녔고, 시간이 지나며 약의 양은 점점 줄어들었다. 내 상태가 서서히 나아지고 있다는 증거였다. 그리고 현재 나는 비상약 없이도 잘 살아가고 있다. 일상도 조금씩 회복되는 중이다.

아직도 많은 사람들이 우울증을 겪고 있음에도 진단이나 도움을 받지 않는 경우가 많다고 한다. '설마 내가?'라고 외면하거나, '이 정도는 버텨야지.'라는 생각에 스스로를 다그친다. 특히 정신과 진료에 대한 사회적 편견은 여전히 크다. '정신병자'라는 낙인이 찍힐까 봐, 자신이 우울증임을 인정하는 것조차 두려워한다. 드라마 〈정신병동에도 아침이 와요〉에서는 정신과를 이렇게 표현한다.

"정신과는 마음의 면역력이 떨어지면 오는 데야. 뼈 부러지면 정형외과 가고, 감기 걸리면 내과 가는 거하고 똑같아. 누구나 언제든 약해질 수 있는 거니까."

우울증은 감기처럼 누구에게나 찾아올 수 있다. 하지만, 가벼이 여기거나 방치해서는 절대 나아지지 않는다. 혼자 극복하기 너무 어렵기 때문이다. 가능한 한 주변에 도움을 요청해야 하고, 증상이 심해지면 반드시 병원의 도움을 받아야 한다. 혼자 방안에서 고민만 하면, 끝없는 어둠 속에서 길을 잃기 쉽다. 내 상황을 객관적으로 바라봐 줄 누군가가 필요하다. 그리고 공감과 조언이 더해질 때 비로소 변화가 시작될 수 있다.

절대 끝날 것 같지 않던 긴 터널도 언젠가는 끝이 나고, 짙은 안개의 막막함도 때가 되면 사라진다. 그러나 그 안에 있을 땐 끝이 보이지 않아서, 빠져나오는 일이 더 어렵게만 느껴진다. 우울증이라는 늪은 저마다 다른 깊이와 색을 가지고 있어서, 누구도 타인의 고통을 완전히 이해한다고 말할 수 없다. "나도 겪어봐서 잘 알아."라는 말이 쉽게 나오지 않는 이유다. 다만 한 가지 확실한 건, 그 터널에도 분명 끝이 있다는 거다.

나 또한 가끔 여진으로 흔들리기도 하지만, 그럼에도 평안한 일상을 지내는 안정적인 상태가 되었다고 확신해서 말할 수 있다. 여진이 나를 흔들어 놓을 수는 있어도, 절대 무너뜨릴 수 없다는 걸 이제는 알기 때문이다.

> "처음부터 환자인 사람은 없고,
> 마지막까지 환자인 사람도 없어요.
> 어떻게 내내 밤만 있겠습니까.
> 곧 아침도 와요."
> - 〈정신병동에도 아침이 와요〉 中 -

혼자 있고 싶어요

   어렸을 적부터 4살 터울의 언니와 방을 함께 썼다. 유년기를 지나 중고등학생 시절 떠난 유학 생활도 마찬가지였다. 많게는 네 명에서 다섯 명까지 국적이 다른 사람들과 함께 방을 나눠 써야 했다. 온전히 내 방을 갖게 된 것은 성인이 된 이후다.

   나는 원래부터 사람 많은 곳을 어색해했고, 여러 사람 앞에 나서서 이야기하는 것도 부끄러워했다. 학창 시절, 발표

시간마다 쿵쾅거리는 심장을 애써 진정시키며 선생님과 눈을 마주치지 않으려 안간힘을 썼다. 친구들과 어울리는 것도 좋았지만, 온전히 나 혼자만의 시간을 가질 때 더 편안했다. 조용한 방에서 책을 읽거나, 영화를 보거나, 창밖을 바라보며 상상의 나래를 펼치는 걸 좋아했다. 항상 누군가와 공간을 나눠 썼기에, 그만큼 나 혼자만의 시간이 더 소중하고 절실했다.

그러니 처음으로 가진 내 방의 의미는 정말로 컸다. 시끌벅적한 세상을 등지고 나만의 고요한 세계로 들어서면, 안도감이 가득 차올라서 평안했다. 삶의 고통과 무게도 그 안에서는 중력이 사라진 것처럼 가벼웠다. 하지만 우울증이 찾아오면서부터, 나를 위로하던 고요함이 더 이상 편하지 않았다. 오히려 끝이 보이지 않는 캄캄한 어둠의 공간이 되어버렸다. 가장 편안했던 곳이 절망의 장소가 되어버린 것. 그것은 우울함이 만들어 낸 가장 잔인한 변화였다.

우울감이 극도로 심한 날에는 방 밖으로 한 발짝도 나오지 못했다. 방 문턱이 그렇게 높을 수 없었다. 화장실을 가기 위해 잠깐 나가는 것조차 버거워 물도 마시지 않았다. 아무도 나에게 말을 걸지 않기를 바랐다. 아예 내 존재 자체를 모른 척해 주길 원했다. 문을 두드리는 소리만으로도 심장이 덜컥 내려앉았고, 어쩌다 누군가와 마주쳐 말하게 되는 상황이 닥치면, 숨이 턱 막혀왔다. 가족들도 그런 나를 배려해 방문을 갑자기 벌컥 열지 않았고, 억지로 다가오려 하지 않았다. 언젠가 내가 스스로 그 문을 열고 나오기를 바라며 묵묵히 지켜볼 뿐이었다. 하지만 그때는 그것조차 부담스러웠다. 나를 향한 관심과 걱정마저도 무거운 짐처럼 느껴졌다.

내가 우울증이라는 걸 아는 사람은 가족과 몇몇 지인들뿐이었다. 그러나 가까운 사이였음에도 그들에게조차 나의 치부를 들킨 것 같아 수시로 불편한 감정이 올라왔다. 특히 안부 연락이 더욱 그랬다.

"몸은 어때? 좀 괜찮아졌어?"

그 물음에 "아니. 전혀 안 괜찮아. 나 죽을 것같이 힘들고 우울해."라고 답할 수 없는 노릇이었다. 내 우울함의 무게와 부정적인 에너지를 아무에게도 전파하고 싶지 않았다.

그러니 답장은 늘 똑같았다. "연락해 줘서 고마워. 노력하는 중이야." 원래의 나는 메일함을 항상 0으로 유지하고, 답장도 빠르게 하는 성격이지만, 이 시기의 나는 읽씹, 안읽씹을 막론하고 답장을 보내지 못하는 경우가 많아졌다. 그들의 주기적인 연락은 내 차도를 확인하고 싶은 것인데, 기대에 부응하지 못하는 자신을 마주하고 고통을 상기시키고 싶지 않았다. 정말이지 혼자 있고 싶었다.

"이겨낼 수 있어. 이 시절 되게 금방 간다?"
"이 시간이 영원히 끝날 거 같지 않아도 결국은 언젠가 끝날 거야. 그리고 나중에 '시간이 약이다'라는 걸 깨닫는 순간이 올 거야. 그때까지 힘내서 일어나 보자."

 처음에는 이런 말들이 공허하게 느껴졌다. 내 현실과 완전히 동떨어진 위로처럼 들렸다. 지금 당장 하루를 버티는 것도 힘든데, 시간이 해결해 준다니. 도대체 얼마나 더 버텨야 하는데? 얼마나 더 아파야 하는데? 그래서 카톡 알람 소리는 내게 노이로제였고, 괴롭힘이었다. 그때는 어떤 말도 마음에 와닿지 않았다. 그저 뻔한 안부 인사라고만 생각했다. 하지만 그런 위로의 말들이 메시지 창을 넘어 어느새 내 마음 한구석에 차곡차곡 쌓여가고 있었다. 의미 없다고 생각했던 응원의 메시지들이 나도 모르는 사이에 내 안에서 서서히 온기를 만들어 냈다.

 계절이 바뀔 때마다 풍경 사진을 찍어 보내며 조용히 안부를 물어오던 그대.

 봄이 오면 흩날리는 벚꽃을, 여름이 오면 청량한 바다를, 가을이 오면 붉게 물든 단풍을, 겨울이면 발자국 하나 없는 깨끗한 눈 사진을 보내며 내 생각이 났다고 말해주던 그대.

 내가 좋아하던 방어 회 사진을 보내며 "올해는 같이 먹어야지?"라고 말해주던 그대.

 잊지 않고 주기적으로 내게 장난과 개그를 날리며 기운을 북돋아 주려던 그대.

 과거 자신의 모습이 떠올라서 나를 외면하지 못하고 조심스럽게 위로를 건네던 그대.

 방안에 콕 박혀 있는 나를 방 밖으로 끌어내기 위해 안간힘을 쓰던 그대.

 그땐 몰랐는데, 그 모든 순간이 나를 조금씩 세상 밖으로 이끄는 힘이 되어주었다. 고마운 이들의 작은 손길들이 십

시일반 모여 도저히 빠져나올 수 없을 것만 같던 늪에서도 결국 나올 수 있었다. 이제 와 돌이켜 보니, 그때 받았던 위로 중에 이루어진 게 정말 많다.

영화 〈츠레가 우울증에 걸려서〉는 우울증을 앓게 된 남편과 우울증이란 걸 처음 접하게 된 아내의 이야기를 그린다. 극 중 남편 츠레(애칭)의 증상이 사실적으로 묘사되어 있어서 꽤나 놀랐던 기억이 있다. 특히 우울증 약이 잘 맞아 한동안 기분이 엄청 좋았다가도, 몇 시간 만에 금세 다운이 되어서 주변 사람을 혼란스럽게 하는 장면을 보며 많이 공감했다. 혼자서는 극복하기 어려운 우울증을 이겨내려고 함께 노력하는 츠레 부부를 보며, 힘든 상황 속에서도 서로 믿고 의지할 수 있는 존재가 얼마나 소중한 것인지 다시금 깨닫게 되었다.

그럼에도 나는 여전히 혼자 있는 시간이 가장 좋다. 혼자 있는 시간은 나를 가장 편안하게 해주고, 온전히 나로 존재할 수 있게 한다. 하지만 인간은 혼자 생활하는 게 좋을 수 있어도, 오롯이 혼자만으로는 절대 살아갈 수 없는 아이러니한 존재이기에 누군가와 함께 나누는 시간도 그만큼 꼭 필요하다.

"혼자 있고 싶어요."
"나 좀 내버려둬!"

누군가 이렇게 이야기한다면, 이건 진심이다. 그 순간만큼은 정말 혼자 있고 싶은 것이기 때문에, 걱정되더라도 혼자 두어야 한다. 다만 그에게 건네는 안부 메시지만큼은 멈추지 않았으면 좋겠다. 답장이 오지 않더라도, 기약 없는 기다림이 계속되더라도, 골든타임만 놓치지 않는다면, 그렇게 쌓인 메시지들은 꼭 필요한 순간에 폭발적인 힘을 발휘할 것이다. 누구나 첫 깨달음을 얻는 데에는 시간이 필요한 법이니까.

요즘 들어 고립 청년, 청년 우울증, 청년 고독사와 같은 가슴 아픈 뉴스를 자주 접한다. 1인 가구의 증가와 함께 청년들이 경험하는 새로운 형태의 외로움, 우울감, 고립감이 개인의 삶에 심각한 영향을 미치고 있다. 이웃이 세상을 떠나도 한 달이 넘도록 모르는 시대에 누군가에게 관심을 두고 끊임없이 안부를 전한다는 것은 매우 어려운 일이다. 본인 인생도 복잡하고 힘들 텐데, 타인을 위해 에너지와 시간을 소비한다는 것은 대단한 일이 아닐 수가 없다.

나도 한때 고립 청년의 삶을 살던 사람으로서, 뉴스에 등장하는 사연이 결코 남 일 같지 않다. 칠흑 같은 어둠 속에서 그들이 얼마나 힘겨운 사투를 벌이고 있을지 상상하는 것만으로도 가슴이 먹먹해진다. 세상과 단절된 채 하루하루가 무의미하게 흘러가는 기분, 아무도 내 존재를 신경 쓰지 않는 것 같은 외로움, 스스로에게조차 점점 희미해지는 느낌. 모두 내가 느꼈던 것들이기 때문이다. 하지만 그런 어둠 속에서도 작은 빛은 존재했다. 누군가 건넨 짧은 안부, 문득 도착한 일상의 사진 한 장, 아무 말 없이 곁을 지켜주던 온기. **별것 아닌 것처럼 보였던 작은 진심들이 나를 다시 바깥으로 이끌었다.**

그렇게 생각하면 누구에게나 빛이 닿을 수 있다고 생각한다. 한 아이를 키우려면 온 마을이 필요하다는 아프리카 속담처럼, 한 사람이 무너지지 않도록 지탱하기 위해서는 서로가 반드시 함께해야 한다. 100번의 생각보다, 1번의 작은 행동이 더 도움이 되기도 한다. 지금 떠오르는 사람이 있다면 그에게 안부 연락을 해보자. 연락이 닿지 않을 수도 있지만, 따뜻한 마음은 누적된다는 사실을 잊지 말자. 한 사람을 위한 작은 관심이 누군가를 살릴 수도 있다. 덕분에 살아난 그 사람이 또 다른 누군가를 구하는 나비효과처럼, 보다 더 따뜻한 세상으로 변화하기를 진심으로 바란다.

'나의 안부가 오지랖이 아니길 바라며.'

힘들었던 시절 받은 마지막 메시지였다.
오지랖이 아니었다.

그런데 또 오지랖이면 어떠한가.
그 정도면 충분하다.
서서히 피어나는 작은 기적들을 매일 누리고 있기에.

세상에 존재하는 다양한 동물, 식물, 사물 등이
우리처럼 생각하고 말하며,
'행복'이란 무엇인지 이야기하는 글입니다.

행복이란:
고통과 절망의 순간에도 늘 함께하는 인생 동반자,
소울메이트의 존재

　매일 똑같은 옷을 입고, 똑같은 장소로 출근한다. 내 삶
은 누군가에게 뽑혀야만 의미가 있다. 나라는 존재를 필요
로 하는 누군가를 평생에 걸쳐 지금까지 기다리는 중이다.
한때는 많은 기대를 한 몸에 받기도 했지만, 이제는 사람들
의 기억 속에서 완전히 잊힌 존재가 되었다. 그렇다. 나는
우리 회사에서 가장 오래되고 인기 없는 고인물이다. 며칠
후면 다른 동료들과 함께 폐기 처분될 운명을 수용할 수밖
에 없다.

내 삶엔 평생 친구란 없다. 길면 1년, 짧으면 몇 시간 만에 생이별을 하는 직업 특성상, 어디에도 마음 둘 곳이 없었다. 삶이 너무 외롭고 공허했다. 결국은 모든 것에 무덤덤해지는 나를 발견하게 되었고, 더는 아무 감정이 생기지 않았다.

기쁨이나 슬픔을 누구와도 나눌 수 없다는 건, 매우 절망적이다. 언젠가 나도 이 외딴섬을 먼저 떠난 친구들처럼 운명의 '소울메이트'를 만나고 싶다. 삶에 단 하나의 목표가 있다면 바로 그것이다. 물론 가능한지는 모르겠다.

나만큼 회사의 고인물로 불리는 A 선배가 오늘도 신입들보다 더 먼저 꽃단장을 하고 맨 앞줄에 나와 있다. A 선배는 오늘까지 누구에게도 뽑히지 못하면 권고사직 처리가 된다. 말이 권고사직이지 사실은 알지도 못하는 곳으로 팔려 가는 유배에 가깝다. 그런 A 선배도 회사에서 제일 잘나가던 시절이 있었다. 하지만 그는 미래를 예측하지도 못하고 너무 튕겼다. 세월과 유행이 이렇게 금방 지나가는 줄도 모르고.

B 선배는 평생 누구에게도 진짜 사랑을 받아본 적이 없다

고 했다. 아마 그의 독특한 생김새 때문인 듯싶다. 누구보다 진실한 사랑을 할 수 있는데, 세상이 겉모습만으로 판단한다며 씁쓸히 웃었다.

나도 두 선배처럼 일주일 안에 누군가에게 선택되지 않으면 그들의 길을 따라야만 한다. 하지만 유배 가는 것보다 나를 더 마음 아프게 하는 건, 소울메이트를 만날 수 있는 기회 자체를 잃게 된다는 사실이었다. 절망감이 몰려왔다. 사회가 정해 놓은 틀 안에서 한없이 모자란 나는 계속 떨어지고, 낙방하고, 실패할 뿐이었다. 모든 게 원망스럽기만 했다.

다음 날 아침, 새로운 신입들이 사무실에 밀려 들어왔다. 그 때문에 고인물들은 끝자락으로 밀려났다. 그런데 나는 정비사의 실수로 신입들 사이에 끼게 되었다! 운 좋게 센터에 자리한 나는 이런 일이 처음이라 기분이 들뜨기 시작했다. 잠시 후 오픈과 동시에 고객들이 물밀듯이 몰려들었다. 인기 있는 신입들 덕에 우리 사무실에는 웨이팅도 걸렸다.

"어? 쟤, 곰곰이 아냐? 완전 추억 돋는다."

내 이름을 불러주는 사람을 만난 건 오랜만이었다. 그는 곧이어 "한번 뽑아볼까?"라는 말과 함께 사무실에 삼천 원을 결제했다. 총 세 번의 기회, 나는 간절히 기도했다. 처음 두 번은 하늘 끝까지 올라 내 소울메이트에게 향할 줄 알았다. 하지만 세상은 그리 호락호락하지 않았다. 어느덧 마지막 시도였다. 이번에도 그의 세심하지 못한 손길 때문에 낙방하려는 찰나, 온몸이 땀범벅이 될 때까지 안간힘을 쓰며 동아줄을 붙잡았다. 그렇게 나는 기적적으로 탈출에 성공했다.

쥐구멍에도 볕 들 날이 있다더니. 드디어 외딴섬을 탈출했다. 혼자도 아닌, 내 소울메이트와 함께 말이다. 그와 함께 마시는 시원한 공기, 따뜻한 햇살, 그리고 향기로운 꽃내음까지 모든 게 완벽했다. 아니, 완벽하다고 믿었다. 그건 내 완전한 착각이었다.

그는 내 소울메이트가 아니었다. 외딴섬을 힘겹게 벗어나 도착한 곳은, 기대했던 낙원이 아니라 쓰레기장이었다. 그에게 나는 심심풀이 땅콩, 시간을 때우는 엔조이일 뿐이었다. 마음씨 좋은 경비 아저씨 덕분에 겨우 분리수거함까지

도달할 수 있었지만, 갈기갈기 찢긴 내 마음을 치유하기엔 역부족이었다.

이제 소울메이트라는 존재를 믿지 않는다. 누군가를 믿는다는 게 두렵다. 폐기 처분되어도 이상하지 않을 만큼 몸과 마음이 망가져 버렸다. 실제로 내 팔의 봉합도 떨어졌다. 이만 눈을 감고 이 세상을 떠나고 싶었다. 그렇게 작은 돛단배에 몸을 뉘어, 실연의 망망대해를 둥둥 떠다녔다. 아마 그렇게 해서라도 외딴섬으로 돌아가고 싶었던 것 같다. 믿음의 배신이라는 아픔을 알지 못하고 꿈만 좇던 좋은 시절 말이다.

그로부터 2주 후, 평소처럼 눈을 떴는데 뭔가 느낌이 이상했다. 떨어져 나간 팔은 어느새 삐뚤빼뚤하지만 단단하게 매듭지어져 있었고, 쓰레기장을 뒹굴며 때가 잔뜩 묻었던 옷은 새 옷으로 갈아입혀져 있었다. 춥기만 했던 분리수거함과 달리, 이곳은 낯선 온기로 가득했다.

"내가 금방 고쳐줄게! 눈 깜짝할 사이에 다 나을 거야, 루루!"

처음 듣는 낯선 목소리. 그녀의 이름은 설이. 5살 소녀였다. 그녀는 내게 '루루'라는 새 이름을 지어주었다. 이것저것 챙겨주면서 다정하게 대해줬지만, 나는 그녀를 믿지 않았다. 언제든지 나를 버릴 수 있기에, 마음을 주지 않으려 했다. 그러나 나의 차갑고 무뚝뚝한 태도에 아랑곳하지 않고, 설이는 어디에 가든지 나를 데리고 다녔다.

밥을 먹을 때면 나의 몫까지 항상 남겨 두었고, 씻을 때면 꼭 옆에 두고 재잘재잘 한참을 떠들었다. 자기가 없는 동안 내가 외로울까 봐. 이유는 단순했지만, 그 안에서 따뜻함이 스며 나왔다. 잠들기 전에는 나를 품에 꼭 껴안고 좋아하는 노래로 자장가를 불러주었다. 하루도 같은 노래였던 적이 없었다. 설이는 꼭 싱어송라이터 같았다. 천둥번개가 치는 날에는 이불 속에서 둘만의 깜짝 파티를 열기도 했다. 메인 MC는 나였고, 초대 가수는 설이였다.

설이와 함께한 시간이 벌써 3년이나 흘렀다. 처음엔 마음을 주지 않으려 했지만, 어느새 나의 모든 시선과 관심은 설이를 향해있었고, 그녀는 내 삶에 가장 중요한 존재가 되었다. 설이의 따뜻한 미소는 내게 믿음이라는 용기를 다시금 심어주었다. 그래서 언제나 그 곁을 지키며 그녀에게 든든한 힘이 되어주고 싶었다. 훗날 설이가 중학생이 되어 인형과 노는 게 유치하다며 나를 버린다 해도, 상관없었다. 진실된 관계, 진짜 소울메이트를 깨닫게 해준 설이라면, 기꺼이 버려질 수 있었다.

어느새 설이는 성인이 되었다. 그리고 우리는 여전히 함께다. 처음 만났을 때처럼 모든 순간을 함께할 순 없지만, 설이가 기쁜 일이 있을 때면 꼭 함께 축하하고, 슬플 때는 밤새 곁에서 안아주며 위로한다.

하지만 내 몸은 더 이상 예전 같지 않다. 꿰맨 자국은 수백 개를 넘었고, 새 옷을 구하는 일도 이제는 불가능해졌다. 누더기가 되어버린 내가 귀찮고 성가실 만도 한데, 설이는 언제나처럼 웃으며 다정하게 내 이름을 불러준다.

"루루, 항상 내 곁에 있어 줘서 고마워."
'반사. 내가 더 고맙거든?'

내가 멀리 떠나면 '설이가 힘들지는 않을까?' 걱정했는데, 다행히 그녀에게도 새로운 동반자가 생겼다. 믿음직한 녀석이니 우리 설이를 힘들게 하지는 않을 것 같다. 그러나 방심하지는 말기를. 두 눈 시퍼렇게 뜨고 지켜볼 테니까.

이제 슬슬 떠날 때가 되었다. 설이와 나눈 소중한 기억들은 언제까지나 영원히 내 마음에 남아 있을 것이다. 설이가 알려준 사랑은 내 삶을 가득 채웠고, 끝내 완성시켰다. 덕분에 나는 누구보다 행복한 존재였다. 이제는 웃으며 그녀를 떠날 준비를 한다.

고마웠다. 나와 함께 해준 모든 순간이.
행복했다. 너와 함께 했던 모든 순간이.

첫 만남에서 네가 꿰맨 것은 내 팔이 아니라,
내 찢긴 마음이었어.

후회만 남는 삶

　어릴 때 가장 싫어했던 방학 숙제는 '일기 쓰기'였다. 사적인 공간이어야 할 일기를 선생님과 반 아이들에게 공개하는 일이 달갑지 않았다. 보여주기식으로 보기 좋게 꾸며 쓰기 시작한 후로 일기는 제 기능을 잃어버렸다. 그저 '참 잘했어요' 도장을 받기 위해 가짜의 삶을 최대한 버라이어티하게 그려낼 뿐이었다. 나는 결국 일기 쓰기에 질려버렸다.

　성인이 된 후, 소중한 순간들을 기억하기 위해 다시 일기를 쓰기 시작했다. 더 이상 누군가에게 보여줄 필요도, 잘 써야한다는 부담도 없으니, 마음속 이야기를 있는 그대로 솔직하게 털어놓았다. 생각보다 성실하게 일기를 써온 덕에 어느새 한 권을 가득 채우게 되었다. 새 일기장을 산 기념으로 예전 글들을 다시 읽어보았다. 오래된 기록을 되짚는 일은 과거의 나와 대화를 나누는 것 같아 묘하게 기분이 좋았다. 그런데 페이지를 넘길수록 이상한 공통점이 눈에 들어왔다.

'~할 걸 그랬다.'

'~가 나을 뻔했네.'

'그렇게 하지 말았어야 했는데.'

'내가 그때 그걸 알았더라면.'

'조금 더 신중할걸.'

'다시 돌아간다면 그렇게 하지 않을 텐데.'

'역시 다른 선택을 해야 했어.'

그곳엔 후회의 말을 관성적으로 사용하는 낯선 내가 있었다. 솔직하게 내 생각을 정리하고 있다고 믿었는데, 정작 그 종착지는 언제나 후회와 푸념이었다. 그 부분만 읽으면, 나는 마치 잘못된 인생을 살아온 사람처럼 보였다. 어떤 선택에도 만족하지 못하고, 과거에만 매달려 사는 이상한 사람처럼 말이다. '나는 정말 그런 사람인 걸까?' 비죽거리는 마음이 입술을 비집고 튀어나올 것만 같았다.

- 두 가지 메뉴 중 하나를 선택했는데, 맛이 없어서 다른 음식을 고르지 않은 걸 후회한다.
- 스트레스 해소를 명분으로 충동구매한 것을 후회한다. 특히 신용카드 대금을 갚을 때는 더욱 그렇다.
- 아플 때 병원에 가지 않고 미루고 미루다가 병을 크게 키운 것을 후회한다.
- 잘못된 투자로 돈을 잃었으면서도 계속해서 수익률에 집착했던 걸 후회한다.
- 사춘기 시절, SNS에 올린 경솔한 발언을 후회한다.
- 상대의 기분을 고려하지 않고 무심코 내뱉은 말로 상처 준 걸 후회한다.
- 나에게 별로 중요하지 않은 사람에게 미움받지 않으려고 애쓴 시간을 후회한다.
- 소중한 어린 시절을 기록하지 못한 걸 후회한다.
- 중요한 결정을 내가 아닌 다른 사람에게 떠넘긴 걸 후회한다.
- 스스로 존중하지 않고 나의 가치를 낮춘 것을 후회한다.

과거의 실수는 마치 정지 버튼이 없는 영상처럼 계속해서 내 머릿속을 맴돌았다. 성급했던 결정, 준비 없이 내린 선택, 그로 인해 겪어야 했던 실패의 쓰라린 순간들. 타임머신이 있다면 과거로 돌아가서 바꾸고 싶은 것들이 셀 수 없이 많았다. 가지 않은 길에 대한 미련, 지금 서 있는 자리의 불만, 아직 다가오지 않은 미래에 대한 걱정까지. 모든 감정이 뒤섞여 하루에도 수십 번씩 '그때 그렇게 하지 말걸.'하는 후회가 밀려왔다. 과거를 바꿀 수 없다는 걸 당연히 알면서도, 나는 끝없이 후회를 되새겼다. 한 번 발을 들이면 끝없이 들어가는 늪처럼 빠져나오는 건 정말 어려웠다.

우리가 후회하는 이유는 단순하다. 같은 실수를 반복하지 않기 위해, 다음번에는 더 나은 선택을 하기 위해, 과거를 복기하고 또 복기한다. 하지만 후회에 사로잡혀 살다 보면, 때로는 앞으로 나아갈 용기마저 잃게 된다. 마치 바짓가랑이를 붙잡고 놓아주지 않는 미련 덩어리처럼 말이다.

'나는 내 최선을 다했어. 괜찮아.'
'누구나 실수는 하니까.'
'그것도 나한테 의미 있는 일이었어.'

'너무 채찍질하지 마.'

'충분히 잘될 거야.'

후회의 말을 줄이려고 정말 노력했다. 누군가는 이를 '정신 승리'라고 불렀다. 그래도 뭐든지 해보는 게 아무것도 안 하는 것보다는 나으니까. 나에게 별로 중요하지 않은 사람의 말에 더 이상 휘둘리지 않고, 후회가 밀려오는 순간에 방향을 틀어보기로 했다.

일기를 쓸 때마다 관성적으로 튀어나오는 후회의 문장들을 마치 선생님께 검사받는 것처럼 의식적으로 수정했다. 처음에는 '이게 무슨 생쇼인가?' 싶었다. 내가 실제로 느낀 감정이 아닌, 거짓으로 쓰고 있었으니 말이다. 그런데 신기하게도, 그 말들이 마치 주문을 건 것처럼 내 머릿속을 맴돌기 시작했다. 예전 같았으면 깊이 후회하고 자책할 상황에서 '에이 다음에는 이렇게 하면 되지.', '한번 색다른 경험을 해봤네?'와 같은 실없는 소리를 하는 나를 발견했다. 그제야 초등학생 때 선생님이 일기장을 검사하시던 이유를 알 것만 같았다. 아이들이 어둠의 늪에 빠지지 않도록 '빨간펜 선생님'이 되어준 것이다. "네 잘못이 아니야.", "괜찮아.", "오늘도 참 잘했어요."라고 말해주려고.

후회 없는 삶은 없다. 누구나 과거를 후회하며 오늘을 살아간다. 영화 〈어바웃 타임〉에서는 시간 여행 능력을 가진 주인공이 과거의 실수를 바로잡기 위해 반복해서 시간을 되돌린다. 누구나 한 번쯤 꿈꿔 본 멋진 능력이다. 그러나 영화가 끝날 무렵, 그는 더 이상 과거를 바꾸려 하지 않는다. 대신 주어진 현재를 온전히 살기로 결심하고, 한 번뿐인 순간을 더 이상 되돌릴 필요가 없을 만큼 최선을 다해 살아갔다.

결국 후회 없는 삶이란, 실수하지 않는 것이 아니라 내가 선택한 길에서 최선을 다했을 때, 그리고 그 자체로 충분히 만족할 수 있을 때, 비로소 누릴 수 있는 최고의 선물일지도 모른다. 결과가 어떻든 간에 말이다. 후회만 남는 삶은 고달프다. 후회가 나의 세계를 범람하지 않도록, 오늘에 더욱 집중해 보려 한다.

불행의 미로를 벗어나는 치트키

어린 시절 나는 평범한 아이였다. 방과 후 적당한 학원에 다니며 친구들과 떡볶이를 사 먹는, 어느 동네에 가든지 볼 수 있는 그런 평범한 아이. 5학년 때까지 학교생활은 즐거웠다. 친구들도 좋고, 선생님도 좋았다. 문제는 6학년에 올라가면서 발생했다.

우리 반에는 착한 모범생(인 줄 알았던) A가 있었다. A는 집안도 부유했고, 외모도 준수했으며, 공부까지 잘해서 아이들뿐만 아니라 선생님들에게까지 신임을 받았다. 멋진 중학생 선배들과 친했던 A가 초등학생인 우리의 눈에는 대단해 보였고, 언제나 그런 A 중심으로 아이들이 모였다. 그런데 어느 순간부터 아이들이 A의 눈치를 보기 시작했다. A가 웃으면 교실 분위기가 밝아졌고, A가 찡그리면 공기가 묘하게 가라앉았다.

 그러던 어느 날, A와 가장 친했던 B가 무리에 끼지 못하고 눈치를 보며 피해 다녔다. 은따(은근한 따돌림)였다. 그 중심에는 역시 A가 있었다. 진실과 상관없이 우리에게 A의 말은 법이었다. 둘의 관계처럼 한동안 교실의 분위기도 살벌했다. 그런데 며칠이 지난 뒤, A는 아무 일도 없었다는 듯이 B와 함께 웃으며 등장했다. 모두 의아했지만, 그저 잘 풀려서 다행이라 안도했고, 약속이라도 한 듯 아무도 그 일에 대해 언급하지 않았다. 그렇게 하면 더 이상 문제가 일어나지 않을 거라 착각했다. 하지만 얼마 지나지 않아 새로운 따돌림이 시작되었다. A에게 사소한 거짓말을 했던 C가 그 희생양이었다. A는 C를 무리에서 철저히 배제하고, 투명 인간 취급했다. A는 절대 누군가를 직접적으로 때리거나 욕하지 않았다. 눈에 보이지 않는 폭력이었지만, 어린아이들에게는 그 어떤 것보다 두려웠다. 언제든 내가 타깃이될 수 있다는 소리 없는 공포감이 그렇게 반 전체에 서서히스며들었다.

C의 따돌림도 그리 오래 지속된 건 아니었다. 타깃이 금방바뀌었기 때문이다. 바로 나로 말이다. 3학년 때 같은 반이었던 C가 마음이 쓰여 몇 번 챙긴 것이 A의 심기를 건드렸던 것 같다. 정확한 이유는 지금도 모르겠다. 하지만 어제까지만 해도 나와 하하 호호 함께 웃고 떠들던 친구라고 생각한 아이들이 하루아침에 돌아서는 모습은 매우 충격이었다. 더 큰 상처는, 믿었던 C마저 나를 못 본 척하며 거리를두기 시작한 것이었다.

이후로도 몇 번의 새로운 따돌림이 반복되었고, 나는 더 이상 A와 가까이하지 않았다. 불행 중 다행으로 A를 포함한대부분의 반 아이들과 다른 중학교에 입학하게 되었다. 눈에 보이지 않으니, 기억에서도 점차 흐려져 갔다.

그러다 대학 시절 SNS를 새로 시작하면서, 우연히 친구 추천 목록에 뜬 A의 이름과 얼굴을 마주했다. 잊었다고 생각했다. 그런데 A의 얼굴을 보는 순간, 묻어 두었던 나쁜 기억들이 단숨에 되살아났다. 십 년도 더 지난 어린 시절의 해프닝일 뿐이라고 여겼다. 그러나 그 일은 나도 모르는 사이, 내 마음 깊은 곳에 고스란히 남아 있었다. 초등학교가 있던 동네를 지날 때마다 괜히 어깨를 움츠리던 순간들. 혹시라도 A와 그 무리 아이들을 마주칠까 봐 이유 없이 주눅 들었던 내 모습. 그 모든 게 단순한 우연이 아니라, 내 안의 오래된 트라우마였다는 걸 비로소 깨달았다.

내게는 좋은 기억들이 훨씬 많다. 그런데 이상하게도 그 기억들은 왜인지 쉽게 떠오르지 않는다. 분명 나는 즐거운 인생을 살아왔는데, 상처에 대한 트라우마가 발동될 때마다 끔찍한 인생을 살아온 것 같은 기분이 든다. 그 당시 기억들이 너무 강렬하게 각인된 탓일까? 그렇다면 어떻게 해야 트라우마는 빨리 잊어버리고, 좋았던 순간들만 기억하며 살 수 있을까?

암기 과목에 취약했던 내가 그럭저럭 점수를 유지할 수 있었던 것은 모두 벼락치기 학습 덕분이었다. 시험 전날, 온전히 그 암기 목록에만 나를 노출시켰다. 화장실 거울에도 포스트잇을 붙여 놓았고, 밥을 먹으면서도 플래시 카드를 들고 달달 외웠다. 하루 종일 같은 단어와 개념을 반복해서 보다 보니, 어느 순간 내 머릿속엔 온통 암기 과목들로만 가득했다. 하다못해 내일 폭우가 쏟아진다는 뉴스조차 머릿속에 들어오지 않아서, 비 맞은 생쥐 꼴이 된 적도 있었다. 비록 유효기간은 시험 끝날 때까지였지만, 그 효과만큼은 확실했다.

좋은 기억도 마찬가지다. 계속해서 끊임없이 상기시켜야 한다. 행복했던 순간들을 그냥 흘려보내지 말고, '아, 내가 이러한 이유로 행복했구나.' 하고 의식적으로 되새기는 것이 중요하다. 글로 남기는 일기를 쓰고, 사진을 찍어 앨범으로 만들고, 영상으로 기록해 주기적으로 들여다봐야 한다. 추억 속에 갇혀 살라는 말이 아니다. 다만, 그 기억들이 내 머릿속을 자유롭게 떠다니며, 기쁨과 행복의 감정이 일상을 부드럽게 물들이게끔 만들어야 한다. 그래야 트라우마가 예고 없이 들이닥치더라도, 휘둘리지 않고 단단하게 중심을 잡을 수 있기 때문이다.

나쁜 기억이 단단히 굳어져 자신을 지배하기 시작하면, 심한 경우 극심한 심리적 고통을 경험하는 PTSD(외상 후 스트레스 장애)까지 이어질 수 있다. '자라 보고 놀란 가슴 솥뚜껑 보고 놀란다'라는 속담처럼, 과거와 비슷한 상황을 마주할 때마다 그때의 불안한 심리 상태로 되돌아가는 걸 막을 수 없게 된다.

나쁜 기억이 좋은 기억보다 뇌 속에 오래 자리 잡는 이유는 단지 스트레스와 불안이 코르티솔이라는 호르몬을 증가시켜 기억 형성을 강화하기 때문이다. 또한 부정적인 사건에 나도 모르게 더 많은 신경과 주의를 기울이는 건 인지적 편향성에서 비롯된다. 결국 우리가 나쁜 기억을 더 자주 떠올리는 이유는 무의식중에 그것을 반복해서 곱씹고 있기 때문이다. 그렇다면 반대로, 좋은 기억에 더 자주 노출되는 습관을 가진다면 어떻게 될까? 좋은 기억이 차곡차곡 쌓여가면서, 자연스럽게 나쁜 기억이 머무를 자리는 사라지게 될 것이다.

나는 그동안 사진 찍는 것을 좋아하지 않았다. 여행지에 가도 풍경 사진만 찍을 뿐이었다. 그런데 어느 날, 친구가 함께 찍은 여행 사진을 앨범으로 만들어 내게 보내주었다.

그 사진을 보는 순간, 잊고 있던 여행의 좋은 기억들이 저절로 되살아나는 경험을 하게 되었다. 시간이 한참 지난 뒤에도, 사진 속에서 환히 웃고 있는 내 모습을 보며, '이때 나 정말 행복했구나.' 하고 자연스럽게 떠올릴 수 있었다. 그리고 그때의 행복이 지금까지도 내게 고스란히 남아 있음을 느낀다.

 그 이후로, 사소한 순간들까지도 기록하고 남기려 노력하고 있다. 좋았던 기억뿐만 아니라, 나빴던 기억들도 일기로 기록하며 해소한다. 아주 못된 말들로 빼곡히 쓰여있는 노트를 보며, '그때 내가 이렇게 기분이 안 좋았구나.' 하고 당시 나에게 공감한다. 동시에 '암울했던 상황을 이렇게 잘 극복했네?'라며 내 긍정적 변화를 뿌듯하게 바라보기도 한다. 그러면 자연스럽게 자존감도 올라가고, 다음에 비슷한 문제가 닥쳤을 때 의연하게 대처할 힘이 생긴다. 한 번 극복한 일은, 두 번째도 어렵지 않다.

 우물에 오염물이 들어오면, 이를 없애기 위해 깨끗한 물을 반복적으로 부어야 한다. 더러운 오염물을 전부 버리고 깨끗한 새 물로 채우는 것이 가장 좋겠지만, 우리의 기억은 그렇게 단번에 삭제할 수 없다. 그렇기에 좋았던 기억을 꾸준히 떠올리고 반복적으로 뇌에 각인시키다 보면, 나쁜 기억들은 점차 설 자리를 잃고 희미해질 것이다. 오염된 물이 서서히 맑아지듯, 기억 역시 그렇게 조금씩 정화되어 간다. 이것이 불행의 미로를 벗어나는 치트키라 할 수 있다.

세상에 존재하는 다양한 동물, 식물, 사물 등이
우리처럼 생각하고 말하며,
'행복'이란 무엇인지 이야기하는 글입니다.

행복이란:
오늘 하루를 온전히 살아냈다는 만족감

이른 새벽, 차가운 공기를 맞이한 내 몸은 바깥쪽부터 서
서히 얼어붙어 간다. 차디찬 바람이 매섭게 스며들지만, 안
쪽은 여전히 따뜻하다. 분주히 출근 준비하는 그녀의 열기
가 내 안쪽에 닿아 작은 이슬방울이 맺힌다. 나는 오늘도 변
함없이 이곳에 서서 내 할 일을 묵묵히 해낸다. '바깥의 나'
는 차가운 공기에 내가 사랑하는 이의 몸과 마음이 얼지 않
도록 지켜주고, '안쪽의 나'는 지난날 따뜻했던 기억들이 그
녀를 감싸도록 돕는다.

인생 계획표, 가족사진, 친구와 떠난 여행 사진, 사랑하는 연인의 사진, 할부가 28개월이나 남은 차 키, 그리고 눈의 떨림을 위해 구매한 마그네슘과 각종 영양제까지. 이 모든 것이 내게 맡겨져 있다. 그녀의 하루와 일상, 다짐과 고민, 소중한 추억들이 나를 배경 삼아 자리하고 있다.

타닥타닥, 익숙한 그녀의 발소리가 오늘따라 다급하다. 내게 기대어 허둥지둥 신발을 신고, 맡겨두었던 소지품을 챙긴다. 오늘은 영양제조차 챙길 시간도 없이 급박하게 나를 밀치고 집을 나선다. 차가운 공기가 안으로 들어오는 순간, 마침내 안과 밖의 내가 마주한다.

그렇게 하루가 시작된다. 바깥의 나는 그녀의 뒷모습이 사라질 때까지 묵묵히 배웅한다. 오늘 하루도 무사히 돌아오기를, 또 너무 지치지 않기를 바라면서.

시간이 흐르고 해가 저문다. 나는 여전히 이곳에 서 있다. 애타는 마음 때문인가? 돌아오지 않은 그녀를 기다리는 시간이 길어질수록, 가끔은 내 몸의 센서 등이 제멋대로 켜진다. 혹여나 그녀가 어두운 시간을 보내고 있지는 않을까.

걱정이 쌓일수록, 깜빡깜빡, 불안한 마음이 더욱 드러난다.

어떤 날은 그녀가 너무 괴롭고 지쳐 비밀번호를 누를 힘조차 없어 보일 때가 있다. 집 안으로 들어가지도 못하고 내 앞에 주저앉아 어깨를 떨며 울 때도 있다. 그럴 때면 나는 그녀를 조용히 감싸안는다. 등을 살며시 지탱하며, '괜찮아. 잠시 기대어 쉬어도 돼.'라고 속삭인다. 할 수만 있다면, 그녀의 아픔을 모두 흡수해 주고 싶은 마음이다.

잠깐 옛날 생각에 잠겨 있던 사이, 어느새 그녀가 집으로 돌아올 시간이 되었다. 익숙한 발걸음 소리에 자연스럽게 시선이 향했다. 그리고 경쾌한 걸음으로 다가오는 모습을 보자마자 안도의 숨을 내쉬었다. '다행이다. 오늘 하루도 잘 이겨냈구나.' 그녀가 무사히 돌아왔다는 사실 하나만으로도 마음이 놓였고 충분히 기뻤다.

그녀에게 특별히 좋은 일이 있던 것은 아니었다.
그저,
쾌청하고 맑은 날씨에
출근길이 막히지 않았고,

상사의 히스테리를 피할 수 있었고,

점심으로 좋아하는 음식을 먹었고,

커피 이용권을 사용해서 무료 음료를 마셨고,

신입 후배의 실수가 없었고,

진상 고객을 마주하지 않았고,

좋아하는 TV 프로그램이 방영하는 날이고,

제시간에 퇴근해서 사랑하는 사람과 함께 저녁을 먹고,

집으로 안전하게 돌아올 수 있는,

적당히 모난 구석 없이 잘 살아낸 그런 하루.

그로 인해 포근했다. 그럼 된 거다.

작지만 하루를 온전히 살게끔 하는 원동력이 되어주니까.

'내일도 오늘처럼 100% 행복할 거야!'

라고 장담하지 못하겠지만,

'어떻게든 살아낼 거야.'

라고는 확신해서 말할 수 있는 상태.

이젠 그녀도 점점 알아가고 있다.

자신도 모르게, 조금씩 행복해지고 있다는 사실을.

아무 걱정하지 마.

너무 힘든 날에는 오늘처럼 내게 잠시 기대어 쉬면 되니까.

나는 언제까지나 이 자리에서 널 기다리며 지켜줄게.

결벽증

  세상에는 두 부류의 사람이 있다. 더러운 것을 보고도 대수롭지 않게 넘기는 사람과, 더러운 것을 끔찍이 싫어하는 사람. 최근 한 실험에서 방을 더럽게 쓰는 사람이 깔끔하게 유지하는 사람보다 더 행복하다는 흥미로운 연구 결과가 나왔다. 어째서일까? 그 이유는 청결을 지나치게 중요시하는 사람, 즉 결벽증을 가진 사람은 자신만의 엄격한 청결 기준이 있기에 그것이 어긋날 때 큰 스트레스를 받지만, 청결에 크게 신경 쓰지 않는 사람은 불완전한 환경에서도 스트레스를 느끼지 않아 상대적으로 유연하게 삶을 즐기고 만족할 가능성이 높기 때문이다.

어느 정도 공감한다. 나 역시 더러운 것을 견디지 못하는 자칭 '라이트 결벽증' 환자이기 때문이다(가족들은 중증이라 말하지만). 처음부터 '깨끗함'에 병적으로 집착한 것은 아니다. 시작은 아주 사소했다. 2015년 메르스 사태를 겪으며 처음으로 전염병의 위험성을 실감하게 된 후, 예전엔 한 번도 신경 쓰지 않았던 손소독제를 구입해 모든 물건을 매일 소독하기 시작했다. 이 경험은 단순한 위생 관리를 넘어 '이왕이면 더 깨끗하게 살면 좋겠다.'라는 작은 '집착'으로 발전하게 되었다.

집 먼지와 집 진드기 알레르기가 유난히 심한 편이라, 외출복을 입은 채로 침대에 누우면 꼭 진드기에 물리곤 했다. 그래서 샤워하기 전에는 아예 침실에 들어가지 않았다. 손도 지나치게 자주 씻는 바람에 항상 건조했다. 한 번 입은 옷은 반드시 빨아야 해서 비싼 옷을 오래 입고 싶어도 입을 수가 없었다. 이런 사소한 특이 취향이 하나둘씩 쌓여가면서, 내 삶 전반에 걸쳐 청결에 대한 '강박'이 자리 잡게 되었다.

빨래도 단순히 세탁기와 건조기로 끝나는 일이 아니었다. 세탁물의 청결을 위해서는 그 과정을 함께하는 주체가 깨끗해야 한다고 여겼다. 매번 세탁기 내부뿐만 아니라 외부까지 닦고, 건조기의 필터와 내부 공간도 꼼꼼히 청소해야 비로소 마음이 놓였다.

로봇청소기도 예외는 아니었다. 바닥의 먼지를 흡입하고 물걸레질까지 해주지만, 먼지통과 걸레, 세척 필터가 깨끗하지 않으면 그것은 청소가 아니라 오물을 바닥에 뿌리는 것이나 다름없다고 생각했다.

식사할 때도 나만의 기준은 확고했다. 찌개를 함께 떠먹는다거나, 공용 젓가락 없이 반찬을 나눠 먹는 일은 상상조차 하기 싫었다. 만약 그런 상황에서 식사하게 되면, 온 신경이 곤두서서 결국 체하기 일쑤였다.

집 밖에서도 상황은 크게 다르지 않았다. 공중화장실 문이나 변기 레버는 당연히 휴지를 이용해 만졌고, 대중교통을 이용할 때는 손잡이를 잡지 않고 서 있다가 넘어질 뻔한 적도 많았다. 그래서 알코올 소독제는 나의 필수품이었다. 외출할 때 사용하는 모든 물품이 소독 대상이었고, 심지어 가죽 가방조차 소독하다가 가죽 표면이 망가진 적도 있었다.

손톱과 발톱은 세균의 온상처럼 느껴져서 늘 그 끝이 아릴 정도로 바짝 깎았다.

사소하게 시작된 청결에 대한 집착은 어느덧 내 일상 구석구석까지 침투해 있었다. 남들은 신경조차 쓰지 않는 작은 것들이 내 머릿속에선 중요한 문제가 되어 끊임없이 맴돌았다. 문제는 그 고민을 바로 해결하지 못했을 때 일어났다. 불편함은 순식간에 불안으로 번졌다. 근질근질한 감각이 온몸을 타고 올라왔고, 불안감을 떨쳐내려 쉴 새 없이 다리를 떨고, 손톱 거스러미를 뜯었다. 그런 행동은 멈추고 싶어도 쉽게 멈출 수 없었고, 결국 피를 봐야만 끝이 났다.

"유난 좀 그만 떨어!"라는 말은 이미 귀에 못이 박히도록 많이 들었다. "난 이게 좋아! 이 상태가 유지되어야 행복해!"라고 말하면서도, 정작 그 말이 모순이라는 걸 알고 있다. 나만의 루틴이 깨지거나 누군가 내 구역의 청결 상태를 침범하면 신경질부터 났기 때문이다. 나를 보호하고자 만든 규칙들이 이제는 나를 옭아매는 족쇄가 되어버린 것이다.

결벽증이 있는 사람은 주변 사람을 피곤하게 만들 뿐만 아니라, 자기 자신도 지치게 한다. 신경은 항상 곤두서 있고, 모든 것에 지나치게 예민하게 반응한다. 매번 사소한 것에 집착하며, 원하는 대로 되지 않을 때는 과도한 스트레스를 받는다. 사실 이건 다른 누구도 아닌 내 이야기다.

'라이트 결벽증' 환자인 나도 이렇게나 괴로운데, 중증을 앓고 있는 사람은 얼마나 더 힘들다는 얘기일까? 중증 결벽증을 가진 사람은 먼지 한 톨의 존재도 참아내지 못할 뿐 아니라, 모든 것이 자신의 기준에 맞게 정리되어야만 하는 강박을 가진다. 이는 단순한 깨끗함을 넘어 약간의 무질서조차 용납하지 못하는 수준이다. 실제로 우울증이나 불안장애를 겪는 사람 중 강박증이 있는 비율이 훨씬 높다는 연구 결과도 있다.

그렇다고 해서, "자, 행복해지기 위해 이제 우리 모두 더러워집시다."라는 말이 아니다. 청결을 중요하게 생각하는 것은 분명 좋은 습관이다. 다만, 그 기준이 지나쳐 작은 더러움조차 견디지 못한다면 이야기는 달라진다. 지금 당장 손을 씻지 않으면 큰일 날 것 같고, 내 방을 허락도 없이 어지럽혀놓은 사람에게 지나치게 화가 난다면, 안타깝지만 '청결 강박'일 가능성이 높다. 만약 이런 상황에 공감한다면, 개선할 필요가 있다.

 바뀌려는 의지가 있다면, 우선 자신의 감정과 행동을 직시하는 것이 필요하다. 잘못된 집착에서 비롯된 분노라는 사실을 인정하는 것. '자기 인정'은 변화의 첫걸음이다. 잘못 세운 나만의 기준을 내려놓고, 그동안 수용하지 못했던 것들을 하나씩 받아들이다 보면, 나만의 안전지대가 점차 넓어질 것이다. 정신 건강학에서는 이를 '인지치료'라고 부른다. 자기 생각을 면밀히 들여다보고, 내가 고수해 온 고정된 사고방식에서 한발 물러나는 연습이다. 내가 세상을 바라보는 방식이 유일한 정답이 아니며, 다른 시각에서 세상을 보는 방법이 있다는 사실을 배우는 것.

 이를 실천하기 위한 아주 귀엽고 간단한 방법이 있다. 바로, '흐린 눈 장착'이다. 전문 지식이 포함된 영화나 드라마에 지식적 오류가 있으면 보기 힘들다는 사람들이 있다. 물론, 사실과 너무 다른 정보라면 문제가 되겠지만, 작은 오류하나도 그냥 넘기지 못하고 매여 있으면, 그 작품의 매력을 제대로 느낄 수 없게 된다. 이럴 때 흐린 눈을 장착해 보자.

약간의 실수나 오류를 너그럽게 드라마적 허용으로 인정하고 넘어가면, 이야기가 전하고자 하는 주제와 감동에 훨씬 더 집중할 수 있게 된다.

나도 며칠째 '흐린 눈'을 하고 세탁기 청소를 중단해 봤다. 처음 몇 번은 정말 괴로웠다. 그런데 한 달이 지나자, 신기하게도 몸과 마음이 점차 편안해졌다. '굳이 세탁기 청소를 매번 해야 하나?'라는 생각이 스치며, 예전에는 감히 상상조차 할 수 없었던 변화가 찾아왔다. 물론 완벽히 흘려보내는 건 쉽지 않았다. 가끔 흐린 눈이 또렷해지면서 청소 욕구가 불타오르는 순간도 있었다. 그럴 때마다 책을 펼쳐 들었다. 페이지를 넘기며 이야기에 몰입하다 보면, 청소 욕구는 점차 잦아들었고, 불필요한 집착 대신 의미 있는 시간을 얻을 수 있었다. 덕분에 청소에 들였던 시간을 아껴 취미 생활을 통한 즐거움을 배로 누릴 수 있게 되었다. 나의 관심을 다른 곳으로 돌리는 '전환의 기술'이 나를 더 행복하게 만들어 준 것이다.

'흐린 눈 장착'을 청소뿐만 아니라 일상의 다른 영역에도 적용하기 시작하자, 놀랍게도 사소한 것들을 신경 쓰지 않고 지나치는 일이 점차 자연스러워졌다. 예전 같았으면 절대 용납하지 못했을 것들도 이제는 나를 흔들지 못했다. 복잡하고 까다로웠던 루틴은 점차 단순해졌고, 마음속 깊이 자리 잡고 있던 강박도 서서히 희미해졌다. '강박'이라는 보이지 않는 감옥에서 탈출한 지금, 내 삶은 전보다 훨씬 가뿐해졌다. 이 변화를 통해 나는 나 자신과의 관계에서 적절한 균형을 찾아가고 있다는 확신이 들었다.

　우리 모두 각자 마음속에 자리한 강박의 굴레를 조금씩 내려놓아 보자. 완벽하지 않아도 충분히 괜찮다는 사실을 받아들이고, 조금 더 가벼운 마음으로 하루하루를 살아가자. 이건 다른 누구도 아닌, 오직 나 자신을 위한 길이며, 행복으로 향하는 가장 빠른 지름길이니까.

누군가를 싫어한다는 것

유학 시절의 일이다. 단일 메뉴인 우리나라 급식과 달리
미국 급식은 보통 두세 가지 메뉴 중에 선택할 수 있었는데,
인기 메뉴는 금방 동이 나곤 했다. 처음엔 그저 수급 부족이
라고만 생각했다. 하지만 얼마 지나지 않아 알게 된 사실은,
racist(인종차별주의자)였던 급식실 직원이 외국인 학생들에게
만 의도적으로 비인기 메뉴를 제공하고 있었던 것이다.

그러나 나는 아무런 조치도 취할 수 없었다. 당시에는 유

학생이 학교 내에서 감히 문제를 제기해서는 안 된다는 분위기가 팽배했다. 다른 음식을 먹고 싶으면 반드시 미국인 친구와 동행해야 했고, 유학생들끼리 있을 때는 언감생심 꿈도 꾸지 못했다. 상대는 내국인 직원이었고, 나는 외국인 학생이었기에, 분명 억울한 상황이었지만 문제를 제기한다는 건 불가능했다.

이미 교실에서도 여러 차례 인종차별을 겪었기 때문에, 급식실 사건은 그리 큰일도 아니었다. 배려라는 개념이 전혀 없던 일부 학우들, 편견과 고정관념으로 가득 찬 몇몇 선생님들까지, 세상에는 상식이 통하지 않는 사람들로 넘쳐났다. 단지 자신과 다르다는 이유만으로 쉽게 타인을 배척하고 혐오했다.

그런데 부끄럽게도, 인종차별로 인해 상처받은 경험이 있는 나 역시 누군가를 혐오한 적이 있다. 가지각색의 이유로 다양한 사람들을 싫어했다. 나에게 직접 피해를 준 사람뿐만 아니라, 일면식도 없는 사람에게까지 불만을 품곤 했다. 타인의 차별을 통해 고통받는 동시에, 또 다른 누군가를 차별하고 있었다니. 참으로 모순된 상황이었다.

어떤 사람을 왜 싫어했는지 구체적으로 언급하지는 않을 것이다. 누군가를 싫어하는 행위에 그럴 수밖에 없는 정당성을 부여하거나, 공감이나 동조를 구해서는 안 된다고 생각하기 때문이다. 정말로 타인에게 피해를 끼쳤거나 범법행위를 저지른 사람이 아닌 이상, 그 누구도 자신과 그저 '다르다'라는 이유만으로 상대를 미워하거나 혐오할 권리는 없기 때문이다.

인간은 서로를 행복하게 해줄 수 있는 동시에 서로를 너무 아프고 고통스럽게 만들 수도 있다. 인간 사회에서 끊임없이 반복되는 분쟁과 갈등은 모두 '다름에 대한 혐오'에서 비롯되었다. '혐오'는 행복했던 개인을 한순간에 불행으로 몰아넣을 수 있는 강력한 질병과도 같다. 그리고 그 파괴력은 혐오의 대상뿐 아니라, 혐오를 품은 당사자에게도 고스란히 돌아간다.

누군가를 싫어하는 행위는 생각보다 엄청난 신체적, 정신적 에너지를 소모한다. 싫어하는 감정은 단순한 불쾌감을 넘어 불안과 분노의 감정까지 유발한다. 지속적으로 부정적인 감정에 사로잡히면 결국 제대로 된 일상을 살기 어려워진다. 나 또한 누군가를 미워할 때면, 다른 일에 집중하지 못하고, 몸살을 앓는 것 같은 고통을 느끼기 때문이다.

물론 반대로 숨 쉬듯 자연스럽게 누군가를 혐오하는 사람도 있다. 이들은 자기방어와 자기 합리화를 통해 자신이 혐오하는 대상보다 우월하다는 착각에 빠지곤 한다. 인정하지 않으려 하겠지만, 그들 역시 누군가를 혐오함으로써, 자신을 갉아먹는 신체적, 정신적 에너지를 소모하고 있다.

혹자는 양극단으로 치닫고 있는 우리 사회를 '혐오의 시대'라 말한다. 누군가를 싫어하는 것이 당연시되는 세상. 자신의 신념만 절대적으로 옳고, 상대방의 입장은 존중하지 않는 사람들. 인종, 성별, 종교, 정치, 신념 등을 이분법적으로 나누어 흑과 백만을 따지려 드는 집단까지. 모두가 무언가에 홀린 것처럼 잘못된 마이웨이를 벗어나지를 못한다. 무지와 편견에서 비롯된 잘못된 고정관념들이 우리 삶을 병들게 하고 있다.

상대에 대해 아는 것이 적을수록 '혐오'는 쉬워진다. 그렇기에 서로를 충분히 알아가는 시간을 가져야만 한다. 인간은 본질적으로 서로 마주 보고 대화하며 생각의 차이를 좁히고, 간극을 메워갈 수 있는 존재이기 때문이다. 이런 과정을 통해 불필요한 오해와 적대감을 서서히 없애야 한다. 혐오가 넘치는 시대는 달리 말하면, 사랑이 부족한 시대다. 직접 경험하지 않고 편향된 미디어로만 습득한 정보들이 과연 어디까지가 진실인지, 끊임없이 의심하고 고민해 봐야 한다.

선입견이 어떻게 사람의 생각을 가두고, 얼마나 쉽게 왜곡된 판단을 만들어 내는지 고민하던 중, 예전에 '편견'이라는 주제로 써 내려갔던 이야기가 문득 떠올랐다.

옛날 옛적, 외눈박이 도깨비들이 사는 마을에 두눈박이 도깨비가 찾아왔다. 외눈박이 도깨비들은 낯선 그를 경계하며 마을에 발도 못 붙이게 했다. 심지어 "어떻게 눈이 두 개냐!"라며 정상이 아니라고 모욕했다. 누구는 한쪽 눈을 없애면 마을에 들이겠다는 어처구니없는 소리까지 했다. 겨울 날씨는 매섭게 추웠고, 갈 곳 없던 두눈박이 도깨비는 결국 마을 초입에서 쓸쓸히 얼어 죽고 말았다.

그로부터 몇 년 후, 예기치 않은 자연재해로 마을은 폐허가 되었다. 외눈박이 도깨비들은 어쩔 수 없이 자신들만의 안온했던 마을을 떠나, 낯설고 두려운 세상 밖으로 나올 수밖에 없었다. 그런데 놀랍게도 마을 밖 세상은 자신들의 생각과는 전혀 달랐다. 어디를 가든 두눈박이 도깨비들이 있었고, 심지어 세눈박이와 네눈박이들까지 흔히 볼 수 있었다. 더욱 놀라운 건, 수많은 도깨비 중에 외눈박이는 자신들밖에 없었는데, 세상은 자신들을 이상하게 보기는커녕, 오히려 더 따뜻하고 친절하게 맞이해 준 사실이었다. 편견 없는 환영의 목소리는 외눈박이들에게 큰 충격과 감동을 주었고, 그제야 비로소 자신들이 저질렀던 지난날의 과오를 절실히 깨닫게 되었다.

'내가 이 사람을 왜 싫어하지?'라는 물음을 깊게 파고들다 보면, 타당한 이유는 남아 있지 않는다. 싫음의 감정은 때때로 막연한 편견이나 익숙하지 않은 것에 대한 두려움에서 비롯되기 때문이다. 사실, 세상에는 절대 옳음도, 절대 틀림도 없다. 모든 것은 관점에 따라 달라질 뿐이다.

외눈박이 도깨비들처럼 자기만의 작은 마을 속에 갇혀 산다면, 세상이 좁고 단조롭게 느껴질 수밖에 없다. 큰 세상을 보지 못한 채 서로를 배척하는 불상사를 반복하지 않으려면, 우리는 편견의 벽을 허물고 더 넓은 시야를 가져야 한다. 나만의 좁은 논리에 갇혀 누군가를 혐오하기 전에, '내가 혐오하는 대상을 정말 잘 알고 있는가?' 한 번쯤은 스스로에게 되물어 보자. 과연 그들과 마주하여 깊게 대화를 나눈 적이 있는지, 살면서 나와 다른 생각을 가진 다양한 사람들을 만나 의견을 주고받은 적이 있었는지. 이를 인지하고 나면, 내가 얼마나 우물 안의 개구리였는가 절실히 깨닫게 될 것이다.

심리학 연구에 따르면, 서로 한참을 혐오하던 두 집단도 공동의 목표가 주어진 이후로는 혐오가 현저히 감소했다고 한다. 이는 인간이 아주 작은 교집합 하나만 있어도 서로를 충분히 이해하고 공존할 수 있다는 유의미한 결과이다. 전혀 이해하지 못할 것 같던 사람이라도, 함께 대화하고 섞여 지내다 보면, 완벽히는 아니더라도 어느 정도 그 사람을 이해하고 받아들이게 된다. 마치 물과 기름이 완전히 섞이지는 않아도, 그 중간 어디쯤 끈적한 액체가 되는 것처럼 말이다.

개개인은 모두 다르다. 이를 인정하자. 역지사지의 입장으로 상대방을 '이해'하고 '공감'하면, 무자비한 혐오 때문에 고통받는 일은 사라질 것이다. 머리로는 알면서, 행동하지 않는 것은 아무 의미가 없다. 수신인과 발신인 모두에게 결코 득이 될 게 전혀 없는 '혐오'는 오늘로써 졸업하자.

'화'를 다스리는 법

블랙 코미디 드라마 〈BEEF(성난 사람들)〉은 남녀 주인공의 차량 접촉 사고로부터 시작된다. 서로의 이름, 얼굴, 나이, 성별도 모른 채, 두 사람은 자신이 겪은 분노라는 감정 하나 때문에 끊임없이 불법적인 복수를 해나간다. 남자 주인공 대니는 어려운 형편에 대한 분노가 있었고, 여자주인공 에이미는 성공한 사업가지만 누구에게도 말하지 못하는 답답함에서 비롯된 불만이 쌓여 있었다. 서로가 서로에게 트리거가 되어 분노는 점차 심해졌고, 그들의 일상은 전부 무너져 내렸다. 이는 현대 사회에서 분노가 어떻게 인간을 괴물로 만들고, 파국을 초래하는지 적나라하게 보여준 웰메이드 드라마다.

우리는 언제나 '분노'와 함께 살아간다. 실제로 욱하는 감정을 주체하지 못해 벌어진 우발적 살인은 매년 수백 건에 달한다. 잔소리가 듣기 싫어서 노모를 살해한 사건, 한때 대한민국을 공포에 떨게 했던 '묻지마 칼부림 사건' 모두 순간의 분노가 빚어낸 참극이다.

그러나 강력 범죄만이 '분노'의 전부는 아니다. 누구나 부모님께 혼날 때 말대꾸하거나 방문을 쾅 닫아버린 경험이 있다. 운전대를 잡으면 인격이 바뀌는 사람, 직장 스트레스로 인해 몰래 상사의 커피에 침을 뱉는 사람, 층간 소음 때문에 아이의 자전거에 코로나 바이러스 비말을 묻힌 황당한 사람까지.

이처럼 크고 작은 분노는 언제나 일상 가까이 있다. 화를 내지 않는 사람은 없다. 존경받는 훌륭한 심리학자도 자기 화는 참지 못한다고 하지 않는가. 그렇다고 무작정 화를 참으라는 건 아니다. '화내기'는 우리에게 필요하다. 단지 화를 제대로 다스리지 못할 때 그 결과는 3000% 파괴적이다. 그렇기에 분노가 들끓는 순간에 현명하게 대처하는 방법을 본인 스스로 알고 있어야 한다.

어렸을 적에 가슴이 답답해서 병원을 찾은 적이 있었다. 진단명은 '화병'이었다. 중학생 여자애가 50대 주부가 가질 법한 화를 가슴 속에 삭이고 있었다고 한다. 당시에는 어이가 없었지만, 지금 와서 생각해 보면 화를 내는 방법을 몰라 마음속에 묻어 두기만 한 거다. 지금은 오히려 화를 너무 잘 내서 탈이지만, 화병이 안 생기게 제대로 해소하는 편이 백 번 낫다(물론 올바른 방식으로 해소해야 한다).

사람뿐만이 아니다. 우리 집 강아지는 평소에 누구를 보고 함부로 짖거나 으르렁거리지 않는다. 그저 초인종 소리에만 조금 짖는다. 그런데 제 주인에게 혼난 날에 울리는 초인종 소리에는 유독 더 심하게 짖어댄다. 초인종은 트리거였을뿐, 강아지는 자신의 분한 마음을 삭일 출구가 필요했던 것이다. 그리고 나선, 금방 기분이 풀렸는지 놀아달라고 꼬리를 흔들며 장난감을 가져온다. 우리 집 강아지만의 획기적인 분노 해소법이다. 화가 났다고 사람을 물지 않으니, 얼마나 다행인지 모르겠다.

분노를 해소하고, 화를 다스리는 데에는 여러 방법이 있다. 산책하거나, 명상하거나, 일기를 쓰거나, 음악을 듣거나, 심호흡하는 등의 방식이다. 모두 내가 자주 사용하는 것들이지만, 그중에서도 가장 효과적인 것은, '일단 벗어나기'다. 분노가 계속 쌓이는 현장에 노출되어 있으면 자연히 분노 방사능에 지배받을 수밖에 없다. 화가 치밀어 오를 때, 일단 그 자리를 벗어나면 감정을 가라앉히는 데 도움이 됐다. 분노는 무엇보다 '흐름을 끊는 것'이 가장 중요하기 때문이다.

주체할 수 없는 분노는 잠깐의 카타르시스를 줄 뿐, 더 큰 문제를 가져온다. 분노가 치솟을 때 잠시 멈추고, 차분하게 '내가 이렇게까지 화낼 일인가?'를 생각해 보면 대개 그렇지 않다는 걸 알게 된다. 강렬한 분노일수록 지속시간이 짧기에, 중간에 한 템포 끊어주는 것만으로도 매우 효과적이다.

이렇게 화를 알아차리는 게 첫 번째 단계다. 절대 참으라는 게 아니다. 다만 감정을 더 키우지 말라는 것이다. 내 분노를 있는 그대로 보는 것이 핵심이다. 그러면 자연스럽게 감정은 가라앉고, 상황을 객관적으로 볼 수 있다. 분노에 사로잡히지만 않으면 더 큰 화를 부를 일도 없다.

두 번째로는 나의 화를 수용해야 한다. 지금까지 나는 화내고, 짜증 내고, 울어버리는 감정들을 나쁘다고만 여겨 억압해 왔다. 이를 금하고 못 하게 할 게 아니라, 이해하고 받아들여야 한다. 그래야 내가 어떤 일에 화가 나고, 화가 날 때는 어떤 표정을 짓고, 어떤 행동을 하고, 어떤 감정을 느끼는지 알 수 있다. 더 나아가 어떻게 분노를 해소하는지까지 꼭 알아야 한다.

울고 싶으면 울고, 화내고 싶으면 화내고, 욕하고 싶으면 욕해야 한다. 하지만 혼자만의 시간을 통해 전부 해소하고, 나만의 대나무숲에서 나갈 때는 모든 걸 떨쳐버리고 나와야 한다. 분노를 절대 다른 사람에게 풀어서는 안 된다.

가까운 사람들, 특히 가족과 싸웠을 때 마음에도 없는 말을 쉽게 내뱉는다. 이들은 나의 감정 쓰레기통이 아닌데, 분노의 감정에 지배되어 생각에도 없던 가시 박힌 말들을 막

쏟아낸다. 그래도 될 것만 같은 사람에게만 화를 내는 영악한 행동이다. 하지만 분노를 폭발시킴으로써 해결되는 것은 아무것도 없다. 오히려 문제를 더 복잡하게 만들거나, 상대방의 더 큰 분노와 맞닥뜨리게 된다. 그렇기에 무언가를 쏟아내기 전에, 일단 자리에서 벗어나자. 감정이 주체가 안 될 때는 그 자리를 최대한 빨리 떠나, 이성이 다시 주도권을 잡을 때까지 기다리자.

감정에만 휩싸이면 제대로 된 해결책은 보이지 않고 늪에 빠질 뿐이다. 주체할 수 없는 분노를 더는 키우지 말자. 화를 슬기롭게 다스릴 줄 아는 자만이 자신과의 싸움뿐만 아니라 모든 일에서도 승리한다.

행복이란:
매일 웃는 것

여러 곳을 떠돌다 햇살 어린이집에 정착한 지도 어느덧 3 개월이 흘렀다. 바깥세상은 춥고 외로웠지만, 이곳은 마치 다른 세계처럼 따뜻하고 정겨운 분위기로 가득했다. 사실 나에게 필요한 것은 많지 않다. 충분한 햇빛과 적당한 물만 있으면 하루를 살아가는 데 큰 어려움이 없으니까. 그래서 이곳의 생활이 충분히 만족스러웠다.

그러던 어느 날, 문득 나와는 다른 존재들이 눈에 들어왔다. 우리 중에는 꽃을 피우는 녀석들이 있었다. 그들의 잎사귀 끝에서는 내가 갖지 못한 아름다운 색과 은은한 향기가 뿜어져 나왔다. 생각해 보니 내가 가진 햇빛과 물만으로는 저렇게 될 수 없었다. 그들에게는 분명 내게 없는 무언가 특별한 것이 있는 듯 보였다.

'나도 언젠가 그 비밀을 찾아내 나만의 꽃을 피워볼 테야!'

아침마다 반짝이는 따뜻한 햇살과 모자람 없이 공급되는 물 덕분에 난생처음으로 안온함이라는 걸 느낄 수 있었다. 그러나 무엇보다도 이곳을 특별하게 만든 건, 바로 어린이집을 가득 채운 아이들의 웃음소리였다. 아이들이 뛰놀며 만들어 내는 활기찬 환희의 소리, 장난기 가득한 대화 소리, 게임에 신이 나 깔깔거리는 목소리까지. 그 모든 소리는 마치 요정의 노랫소리처럼 맑고 깨끗했다. 그 울림은 내 마음속 공허하고 비어 있던 공간들을 마법처럼 하나씩 채워 나갔다. 때로는 지치고 힘든 순간도 있었지만, 아이들은 언제나 친구처럼 내 곁을 지켜주었다. 그 따뜻한 온기가 나를 감쌀 때마다, 커다란 위로와 힘이 되어주었고, 덕분에 나는 무럭무럭 자랄 수 있었다. 이곳은 내가 그토록 원하던 진정한 파라다이스였다.

　가까운 사이일수록 마음을 쉽게 표현하지 못하는 경우가 많다. 그런데 아이들은 어떠한 계산도, 숨은 의도도 없이 순수하게 자신의 마음을 표현했다. 한마디, 한마디를 통해 내가 얼마나 사랑받고 있는지 고스란히 느끼게 해주었다. 나를 위해 뭐라도 해주고 싶어서 안달 난 작은 손들은 또 어찌나 귀여운지. 혹시라도 나를 다치게 할까 봐, 내 주변에 위험해 보이는 물건들을 모두 정리해 주기도 했다. 아직 자기 방 정리도 서툰 아이들의 애쓰는 모습을 보니 그 마음이 더욱 감동으로 다가왔다.

　계절은 어느새 겨울로 접어들었다. 이곳의 터줏대감인 단풍나무 할아버지도 붉은 잎사귀를 모두 내려놓고, 조용히 월동 준비에 들어가셨다. 강추위에는 장사가 없다는 말처럼 차가운 바람은 매섭게 불어왔지만, 아이들은 추운 겨울에도 언제나 한결같았다. 그들의 손길은 여전히 따뜻했고, 내게 보내는 사랑은 눈이 오나 강풍이 부나 전혀 흔들리지 않았다. 덕분에 이 행복이 얼마나 지속될지 모른다는 불안감도 자연스레 눈 녹듯 녹아내렸다.

그러나 어린이집이 보수 공사로 문을 닫자, 상황은 달라졌다. 공사 기간 동안 원장님은 우리를 선생님들에게 나눠 맡기셨다. 다른 녀석들도 뿔뿔이 흩어지며 각자의 임시거처로 향했다. 나도 낯선 환경에서 버텨야 할 것을 직감하며 마음을 단단히 먹었다.

나를 맡게 된 선생님은 평소 내게 별 관심을 보인 적 없던 무뚝뚝한 사람이었다. 이 일이 그에게 달갑지 않았음도 분명했다. 월급이 더 나오는 것도 아니었으니, 그에게 나는 그저 성가신 짐처럼 여겨졌다. 그는 나를 대충 신문지로 감싸더니 쇼핑백에 밀어 넣었다. 그 안에서 나는 이리저리 흔들리며 정신이 아득해졌다. 어딘가에 부딪힐 때마다 몸이 뒤엉켰고, 멀미하듯 속이 요동쳤다.

선생님 집에 도착한 지 이틀이 지났지만, 나는 여전히 쇼핑백 안에 갇혀 있었다. 아무도 나를 꺼내지 않았다. 그러다 쇼핑백이 필요했던 선생님이 나를 테이블 위에 올려놓으면서 겨우 세상 밖으로 나올 수 있었다. 그런데 이곳은 어린이집과는 전혀 다른 세상이었다. 따사로운 햇살은커녕, 빛이라곤 어디에도 찾아볼 수 없었다. 암막 커튼이 단단히 내려진 집 안은 항상 어두웠다. 가족 간 대화도 거의 없었고,

가끔 들리는 건, 그저 서로를 겨냥한 날카로운 언쟁과 짜증뿐이었다.

나는 이 무겁고 차가운 분위기를 바꿔보려 노력했다. 누군가 내 옆을 지나갈 때면 안간힘을 다해 잎을 흔들었고, 숨을 깊이 참았다가 한꺼번에 내쉬며 진한 향기를 퍼뜨리기도 했다. 작은 기대를 품고 최선을 다 해봤지만, 그들의 무관심은 끝내 변하지 않았다. 시간이 흐를수록, 오히려 나 또한 그들의 무표정에 점점 동화되기 시작했다. 활기를 잃은 내 잎사귀는 힘을 잃어 무겁게 축 처졌고, 더 이상 옅은 향조차 나지 않았다. 나를 지탱하던 뿌리도 서서히 시들어가며 생기를 잃었다.

그렇게 일 년 같던 한 달이라는 시간이 지나고, 나는 다시 쇼핑백에 담겨 어린이집으로 돌아왔다. '드디어 원래의 나를 되찾을 수 있구나!' 들뜨던 마음도 잠시, 전처럼 햇볕이 가장 잘 드는 곳에 자리를 잡아도 예전만큼 몸과 마음이 가볍지 않았다. 내가 살아가는 데 필요한 조건이 모두 충족됐음에도, 중요한 뭔가가 빠진 듯 허전했다. 너무 오랫동안 햇빛을 못 봐서 그런가? 건강한 모습으로 다시 만나고 싶었는데, 실망할 아이들의 얼굴이 떠올라 서글퍼졌다.

월요일 아침, 아이들이 하나둘 등원하기 시작했다. 익숙한
발소리가 들리고, 곧 창가로 아이들이 몰려왔다. 창문에 비
친 내 모습을 슬쩍 보았다. 축 처진 잎사귀와 흐릿해진 빛
깔. 한눈에 봐도 시들어 보이는 내 모습이 초라하게 느껴졌
다. 부끄러운 마음에 고개를 들지 못하고 있는데, 아이들은
전보다 더 따뜻하고 다정하게 내게 다가왔다.

"잎이 상했네? 아프겠다! 빨리 나아야 해. 호! 호!"

작은 손으로 상한 내 잎을 꼭 감싸며, 빨리 나아지길 바라
는 진심을 담아 입김을 불어넣었다. 가슴이 뭉클해졌다. 공
허했던 마음이 다시 차오르는 것을 느꼈다. 그 순간, 깨달
았다. 내게 진정으로 필요했던 건, 바로 이 웃음소리였다는
걸. 메말라 있던 마음이 아이들의 맑고 순수한 목소리로 점
점 촉촉해지기 시작했다. 그들의 투명한 웃음은 내가 잊고
있던 모든 것을 되살려 주었다. 오랜만에 웃는 게 어색하고
낯설었지만, 아이들을 따라 할수록 행복했던 예전 기억들
이 점차 떠올랐다. 새삼 어두웠던 시간을 견뎌낸 내가 대견

하게 느껴졌다.

나는 매일 조금씩 잎을 펼쳐 나갔다. 추운 겨울을 지나 따스한 초봄이 찾아왔을 때, 딱딱했던 잎사귀 끄트머리에 작은 꽃봉오리가 맺혀 있는 것을 발견했다. 가슴이 벅차올랐다. 그토록 궁금했던 꽃을 피우는 비밀은 바로 순수한 사랑과 웃음에 숨어있었다. 그곳엔 새로운 생명을 움트게 할 만큼의 희망이 있었다.

나는 그동안 내가 행복해서 웃는 줄 알았다. 그런데 웃다 보니 행복해진 거였다. 어떤 계산도, 별다른 조건도 없는 웃음은 내가 특별해서 주어진 것이 아니라, 존재 자체로 누구나 누릴 수 있는 선물이었다. 하하, 호호, 낄낄거리는 순수하고 해맑은 소리가 내 마음에 퍼질수록 진짜 행복이 무엇인지 알게 되었다.

충분한 햇살과 적당한 물만 있으면 살아갈 순 있지만, 행복해지려면 반드시 웃음이 필요했다. 웃음이 머무는 곳에선 누구나 꽃을 피울 수 있었다. 내게 찾아온 이 꽃은 모두가 함께 피워낸 아름다운 웃음꽃이었다.

어떻게 살아야 잘 살았다고 소문이 날까?

얼마 전 미국에서 비극적인 사건이 발생했다. 호화로운 생활로 유명해진 인플루언서 C의 남편 B가 스스로 생을 마감한 것이다. B는 뉴욕 상류사회에서 성공한 부동산 개발업자로 명성을 떨쳤지만, 그 이면에는 심각한 재정적 어려움이 있었다. 그는 가족의 화려한 삶을 유지하기 위해 수백만 달러에 달하는 대출과 부채를 떠안아야 했고, 그 부담은 점점 커져만 갔다. SNS 속에서 B는 언제나 완벽한 이미지를 보여주었고, 주변 지인들은 물론 심지어 아내인 C에게조차 아무 문제가 없는 척 행동했다. 하지만 현실은 정반대였다.

감당할 수 없을 정도로 빚이 늘어나자, 그는 결국 극단적인 선택을 하고야 말았다. 그의 죽음 이후, 아내는 SNS 계정을 삭제하고 세상과 단절했다. SNS 속 보여지는 삶과 현실의 괴리를 적나라하게 드러낸 가슴 아픈 사건이었다.

우리에게도 결코 낯선 일이 아니다. 많은 이들이 결혼식, 동창회, 모임 참석을 위해 소득 수준과 상관없이 명품 가방, 명품 시계, 명품 옷을 소비한다. 투자은행 모건스탠리 보고서에 따르면 2022년 한국 명품 시장은 약 22조 원으로 세계 7위까지 성장했다. 1인당 소비액은 미국과 일본을 제치고 세계 1위로 등극했다. 이런 현상은 단순한 소비가 아니라, 남들에게 잘 보이고, 비교 속에서 뒤처지지 않으려는 강박이 만든 결과이다. 카드론까지 써가며 무리한 소비를 이어가는 참담한 현실을 여과 없이 보여준다.

그리고 이는 내 이야기이기도 하다. 나 역시 SNS 속 수많은 사람들처럼 명품 가방 하나쯤은 있어야 한다는 생각에 휩쓸려 무리한 지출을 감행한 적이 있기 때문이다. 하지만 그렇게 들뜬 마음으로 산 가방은 내 일상의 일부가 되지 못했다. 오히려 방 한쪽에 모셔만 두는 존재로 전락하고 말았다.

SNS는 이렇게 우리 삶 속 깊은 곳에 스며들어 과시적 소비에 기름을 들이부었다. 사진 한 장에 담긴 반짝이는 순간들이 우리 욕망을 자극하고, 보이는 것에 더욱 집착하게 만들었다. 남들의 완벽해 보이는 삶과 비교하여 나도 뒤처지지 않겠다는 강박이 자연스레 이어지게 된 것이다.

학창 시절, 페이스북이 한참 유행이었다. 싸이월드와는 또 다른 매력과 더불어 주위 모든 사람이 하니, 나도 따라서 시작했다. 처음에 뭘 올려야 하나 싶었는데, 별것 아닌 사진에도 '좋아요'가 여러 개 달리는 걸 보니, 신기하고 재밌었다. 다음에는 이보다 괜찮은 사진을 올려서 더 많은 '좋아요'를 받고 싶어졌다. 실제로 나의 관심사와는 전혀 관계없는 허세 가득한 게시물을 올려 '좋아요'를 역대급으로 많이 받았다. 인정 욕구가 SNS를 통해 채워진 것이다.

그러나 SNS에서는 다른 사람들의 삶과 일상도 수시로 볼 수 있었다.

"얘가 이렇게 예쁘게 변했네?"
"이런 일을 해서 성공했구나!"

"이런 집에 사네?"

"이런 차를 가졌네?"

"초호화 여행을 떠났네?"

 남의 삶을 들여다보는 건 끝이 없었다. 그것들을 보면서 올라오는 감정은 단 하나, '비교'였다. 남들과의 끊임없는 비교는 내 정신을 더욱 피곤하게 만들었고, 나의 마음에 뾰족한 예민함을 불러들였다. 비교로 인한 피곤함과 예민함이 나날이 깊어졌다. SNS를 지속하면 점점 더 피폐해질 것 같은 두려움에 정신이 번쩍 들어, 그 길로 SNS를 중단했다.

 SNS에서는 누구나 새로운 삶을 창조할 수 있다. 가지 않아도 되는 장소에 가고, 먹지도 않는 음식과 읽지도 않은 책의 사진을 업로드한다. 5성급 호텔에서 찍은 애프터눈 티 세트나 오마카세 인증샷을 통해 부유한 사람으로, 전시회 인증샷이나 베스트셀러 책 사진을 업로드하여 고급스러운 취향과 인문학적 소양이 깊은 사람으로 변신한다. 현실과는 동떨어질지언정, SNS에서는 사진 하나로 남들이 인정하는 '제2의 나'로 다시 태어날 수 있기 때문이다. 그렇게 되면, 누구와 비교해도 전혀 뒤처지지 않는 SNS 속 자신을 진짜 나라고 믿게 된다.

그렇게 현실은 점점 희미해지고, 자신을 포장하는 데만 몰두한 가짜의 삶을 살아간다. 설령 그 삶이 실제와 전혀 다르더라도, 공허한 현실보다는 SNS에서의 완벽한 모습이 더 중요해진다. SNS는 보여주고 싶은 모습만 골라내 필터링하는 공간이라서, 실패도, 결점도 없는 완벽한 인생이다. 하지만 그 완벽함 뒤에는 타인에게 자신을 증명하고 인정받고 싶어 하는 자기 과시욕이 있다. 이런 잘못된 욕망은 현실과의 괴리감을 더 키울 뿐이다. 현실을 외면한 대가로 진짜 나를 잃을 수 있다.

그런데 이러한 비교는 전부 SNS 때문일까? 아니다. SNS가 없던 시절에도 우리는 늘 비교 속에서 살아왔다. 어린 시절 엄마들의 대화 속 '엄친아(엄마 친구 아들)'가 바로 그 예다. '옆집 누구는 어느 대학에 갔고, 무슨 상을 탔고, 무슨 회사에 취직했고, 무슨 선물을 사줬다고.' 우리 사회에서 '비교'는 너무나 당연시되는 문화다. 하다못해 도시락 반찬까지 비교했으니 말이다. 비교의 결과는 '부정'일 수밖에 없다는 연구 결과와 사례가 넘쳐나도, 끊지를 못한다. 보이는 삶에 이토록 집착할 수밖에 없는 사회 현상은 어쩌면 지금까지 우리가 살아온 방식에 대한 당연한 결과일지도 모른다.

'왜 우리는 남과 끊임없이 비교하고, 남에게 인정받고 싶어 할까?'

　미국의 심리학자 아브라함 매슬로(Abraham Maslow)의 욕구 이론에 의하면, 인간은 사회적 동물이기 때문에 타인의 인정을 통한 소속감과 사랑을 끊임없이 추구한다고 한다. 또한, 인간은 타인과 연결되었을 때, 어떤 그룹에 소속되었을 때, 그리고 가장 가까운 사람들에게 인정받고 사랑받았을 때, 가장 큰 행복감을 느낀다고 한다.

　인간의 본성이 그렇다니 어쩔 수 없다고 한다. 하지만 진정한 행복은 타인과의 관계에서 얻어지기 전에, 자신이 어떤 존재인지, 어떤 가치를 지닌 사람인지 스스로 제대로 이해하는 데서 먼저 출발해야 한다. 타인의 인정에 기대어 나를 바꾸는 것이 아니라, 있는 그대로의 나를 사랑하고 받아들이는 것이 더 중요하기 때문이다. 인간의 본성에 따라 인정 욕구가 발휘될지언정, 인정중독에 빠진 노예는 되지 말자.

'너는 너고, 나는 나다.'
　일단 가장 먼저 해야 하는 것은, 남과의 비교를 멈추는 일이다. 우리는 각자 개성이 있는 고유한 존재다. 모든 인간은 다를 수밖에 없다. 이걸 인지하고 받아들여야 한다. 내 일상을 살피는 시간보다 다른 이의 일상을 더 면밀하게 보다 보면, 누구나 자연스레 시기 질투가 샘솟는다. 내 삶이 초라해지는 기분이 들거나, 보이는 것에 집착하는 단계에 들어서기 전에 반드시 끊어내자. 남이 세운 기준에 맞추려 하지도 말고, 누군가의 시선을 의식하거나 비난과 무시를 두려워하지 말자. 내가 하는 일에 대해 누구에게도 설명하거나 변명할 의무는 없기 때문이다.

　삶에 대한 만족과 행복은 누군가의 인정으로부터 나오는 게 아니다. **'온전히 나로부터 채워지는 것'**이다. 그러니 자유로워지자. 타인에게 나를 증명할 필요도 전혀 없다. 남에게 보이는 것을 신경 쓸 시간에 진정으로 내가 좋아하고 행복한 일에 더 많은 시간을 투자하자. 어떻게 살아야 잘 살고 있다고 말할 수 있을까? 그 답은 평생 본인만 알 수 있다.

하고 싶은 게 없습니다

 나는 어렸을 때부터 하고 싶은 게 참 많았다. 우연히 생활기록부를 본 날, 조금 놀랄 정도였다. 초등학교부터 중학교까지의 장래 희망이 거의 매년 바뀌었기 때문이다. '내가 이런 걸 하고 싶었다고?' 약간 황당하면서도 묘하게 기분이 좋았다. 나이가 들수록 그렇게 열정적으로 하고 싶은 일을 찾는다는 건 너무 어렵기에, 그 시절 꿈 많던 내가 더욱 애틋하게 느껴졌다. 모든 게 가능할 것 같았던 그때가 문득 그리워졌다.

어쩌다 이렇게 됐을까.

목표를 이루지 못한 뒤로, 나 자신이 점점 더 보수적으로 변해가는 것을 느꼈다. 나는 다양한 이야기를 사랑했고, 그 이야기들이 가진 힘과 영향력을 믿었다. 어렸을 때부터 드라마와 영화는 나의 가치관을 깨뜨리고, 새로운 시각을 열어주는 매개체였다. 외로운 유학 생활, 향수병에 시달릴 때마다 나는 내가 사랑한 이야기들을 떠올리며 나를 위로했다. 그것은 친한 친구 이상의 존재였다. 소설 속 주인공이 되어 상상의 나래를 펼치며 온갖 모험을 했고, 불가능했던 일들을 마음껏 상상하며 잠시나마 현실의 무게를 내려놓을 수 있었다. 이야기는 내게 피난처였고, 삶의 나침반 같은 존재였다.

그래서 나는 졸업 후 전공과 무관한 이야기 만드는 일을 시작했다. 처음에는 꽤 괜찮았다. 업계에서 유명한 곳에서 일하며, 전에 느껴보지 못했던 성취감과 설렘을 만끽했다. 좋아하는 일을 한다는 사실 자체가 행복했다. 하지만 너무 좋아하는 일이었기에, 멋지게 해내고 싶다는 욕심이 점점 나를 압박하기 시작했다.

그 부담은 내가 스스로에게 거는 기대를 지나치게 키워버렸다. 아무리 노력해도 채워지지 않는 부족함에 사로잡혔고, 열등감은 매일 나를 짓눌렀다. 더 나아가 내 존재 가치에 대한 의구심마저 들기 시작했다. 특히, 내가 쓴 글에 대한 피드백 받을 땐, 더 힘들었다. 마치 벌거벗은 채 사람들 앞에 서 있는 기분. 나라는 존재 자체가 부정당하는 듯한 느낌. 스스로 너무 한심해 보였다.

물론 피드백을 통해 좋은 글이 무엇인지 배웠고, 더 나은 방향으로 나아갈 수 있었다. 그러나 아이러니하게도 나는 그 시간을 성장의 발판이 아닌, 나를 위축시키는 데 사용했다. 완벽해야 한다는 강박과 실패에 대한 두려움이 나를 옥죄었고, 결국 단 한 줄의 문장도 쓰지 못하는 상태에 이르렀다. 내게 자유와 즐거움을 주던 글쓰기는 어느새 가장 두려운 일이 되어버렸다.

우울증으로 일을 그만둔 뒤, 생각은 더 복잡해졌다. 우울감을 극복하려면 일단 무엇이든 시작해야 한다고 의사 선생님은 항상 강조하셨지만, 다시 실패하고 싶지 않다는 마음이 나를 조심스럽게 만들었다. 무언가 새로 시작하기에 앞서, 고질병처럼 또다시 위축되고 무너지는 나약한 자신을 발견했다. 아무것도 해낼 수 없는, 부족한 사람이 된 것 같았다.

그래서 조금이라도 성공 확률을 높이려면, 준비라도 완벽하게 해야 한다고 스스로를 설득했다. 하지만 준비'만'하다 보니, 정작 시작은 할 수도 없었다. 나를 강화하고 보완해야 한다는 강박만 커질 뿐이었다.

그러다 문득 의문이 생겼다. '과연 세상에 완벽한 준비라는 게 있을까?' 여행조차 분 단위로 계획하면서 만반의 준비를 했다고 생각했지만, 막상 현지에 도착하면 꼭 하나쯤은 빠뜨린 것이 있었다. 애초에 완벽한 건 없을지도 모른다. 의외로 '완벽'이라는 단어는 가장 '불완전한' 단어일 수도 있겠단 생각을 했다. 완벽한 준비를 기다리다간 무엇도 절대 시작할 수 없었다. 중요한 것은 나의 빈틈을 인정하고, 그냥 시작해 보는 '용기'였다.

우리는 정보가 넘치는 시대에 살고 있다. 검색만 하면 무엇이든 알 수 있는 환경 속에서, 역설적으로 시도하기를 망설이게 된다. 넘치는 정보는 때로 우리를 압도하고, 두려움을 키우며 도전 정신을 꺾어 놓는다. 취업 박람회에 방문한 한 청년은 당시 자신이 관심을 가졌던 기업과 직무에 대해 자세히 알아본 뒤, 그 일에 대한 환상이 깨져 취업을 포기한 경험이 있다고 말했다. 그 경험 이후, 청년은 무언가를 시도하기에 앞서 두려움이 먼저 생긴다고 했다.

그러나 도전을 멈추면, 새로운 기회를 발견할 가능성 또한 줄어들 수밖에 없다. 안 하고 후회하는 것보다, 하고 후회하는 편이 훨씬 낫다. 무엇을 좋아하는지, 어떤 일이 나와 맞는지는 결국 경험해 봐야만 알 수 있으니까.

나는 생활기록부에 적혀있던 학창 시절 장래 희망이 매 순간 바뀌었던 이유를 뒤늦게 깨달았다. 그것은 한계 없는 다양한 상상력이 자유롭게 발휘되었던 순수함 덕분이었다. 꿈에 대해 깊게 고민하고 성찰하는 것도 물론 중요하지만, 그보다 더 중요한 것은 새로운 것을 끊임없이 탐색하고, 호기심 가득한 눈으로 세상을 넓게 바라보는 것이었다.

모든 것이 가능하게 느껴졌던 그 시절로 다 함께 잠시 돌아가 보자.

'하고 싶은 게 없습니다.'라고 말했지만, 사실은 '하고 싶은 게 있었는데, 없어졌습니다.'가 맞다. 하지만 그것이 끝이라고 생각하지 않는다. 인생에 정답이 없듯이, 나 역시 계속해서 나만의 길을 찾아가는 중이기 때문이다.

만약 지금 하는 일에서 길을 잃은 것처럼 느껴진다면, 그 상황에 너무 매몰되지 말고 잠시 한 발짝 물러나 보자. 지금까지와는 전혀 다른 일을 경험하며 새로운 시각을 얻는 것도 좋은 방법이다. 때로는 3자의 눈으로 바라볼 때, 생각지 못했던 인사이트가 떠오르기도 한다.

선입견 없이 열린 마음으로 어떤 것이든 새로 받아들일 준비가 되어있다면, 언젠가는 진심으로 하고 싶은 일을 만나게 될 것이다. 그것이 하나일 필요도 없다. 나에게 활력을 주는 여러 가지 일이 생길 수도 있다. 요즘처럼 N잡러가 자연스러운 시대에는 다양한 일을 시도하며 나만의 조합을 찾아가는 것이 오히려 강점이 되니 말이다.

다양한 경험은 결국 자신이 진정으로 원하는 삶의 방향을 찾는 데 도움을 준다. 지금 당장 관심 가는 일이 없더라도 불안해하지 않아도 된다. 서두르지 말자. 나에게는 아직 발견되지 않은 무궁무진한 가능성이 존재한다는 뜻이다. 단지 지금은 그걸 찾는 여정에 있을 뿐이다.

그러니 무언가에 조금이나마 관심이 생긴다면, 편견을 가지지 말고 기꺼이 경험해 보자. 아무것도 하지 않으면 아무일도 일어나지 않으니까. **비록 사소해 보이는 작은 시도라도, 그것이 쌓이면 방향이 되고, 언젠가 길이 된다.** 하루하루 내가 할 수 있는 일을 묵묵히 해내다 보면, 그 경험과 노력이 차곡차곡 쌓여, 결국 무언가를 이루는 시간이 반드시 찾아온다.

70대에 첫 전시회를 여는 화가. 늦은 나이에 유튜브를 시작해 100만 구독자를 얻는 유튜버. 이들 모두 자신만의 새로운 길을 개척 해냈다. 그들에게는 특별한 재능이나 완벽한 준비가 아닌, 열정과 호기심이라는 단순하지만, 강력한 힘이 있었다. 바로 이 힘이 그들의 삶에 새로운 챕터를 여는 원동력이 되어준 것이다.

몇 년 전에만 해도 키보드에 손을 올리는 것조차 두려웠던 내가, 이렇게 솔직하게 내 이야기를 써 내려가고 있다는 사실만으로도 나의 변화는 시작되었다고 믿는다. 이제는 과거의 아쉬움에 머물기보다, '하고 싶은 게 없어졌는데, 또 다른 게 다시 생겼습니다.'라고 당당히 말할 수 있는 날을 기대해 본다.

내가 뭐라고

　　토마스 에디슨은 전구를 발명하는 과정에서 수천 번의 실
패를 겪었지만, 좌절하지 않고 필라멘트 소재를 찾기 위한
수백 가지의 실험을 반복했다. 그리고 결국 세상에 전구를
탄생시켰다. '나는 실패한 것이 아니다. 단지 1만 가지의 잘
못된 방법을 발견했을 뿐이다.'라는 그의 명언은, 우리에게
실패를 바라보는 새로운 관점을 제시했다. 만약 그가 '1만
번이나 실패했는데, **내가 뭐라고** 전구를 만들겠어.'라며 포
기했다면, 인류는 빛을 만나는 데 몇백 년이 더 걸렸을지도

모른다. 이 일화를 통해 결국은 자기 자신에게 한계를 두고 미리 속단하거나 포기하지 않는다면, 어떤 일이든 결과를 만들어 낸다는 사실을 엿볼 수 있다.

　맨 처음 내 이야기를 담은 책을 쓰고 싶다는 생각이 들었을 때, 두려움이 앞섰다. 그런 건 대단한 필력을 가졌거나, 삶에서 특별한 목표를 이루거나, 큰 업적을 남긴 사람들만이 쓸 수 있다고 생각했다. 나처럼 평범한 사람은 감히 손댈 수 없는, 먼 세계 이야기처럼 느껴졌다.

　'내가 뭐라고, 책을 쓰겠어.'

　누군가에게 말하는 것조차 두려웠다. 네가 뭔데 책을 내냐고, 이걸 지금 읽으라고 쓴 거냐는 가시 돋친 평가로 괜히 상처만 받을 것 같았다. 한동안 누구에게도 이런 진심을 말하지 못한 채, 홀로 골방에서 조용히 끄적이기만 했다.

　그러다 우연히 내 글을 누군가에게 보여줄 기회가 생겼다. 내 이야기를 글로 써서 다른 사람에게 보여주는 건 처음이라 긴장한 나머지 손까지 떨려왔다. 그런데 그가 내 글을 다

읽고 나서 "이 글 되게 좋다."라고 말하는 것이 아닌가? 얼떨떨했다. 상상 속에서 늘 부정적 반응만 떠올렸던 나에게 뜻밖의 일이었다. 조금 놀란 나머지 감사 인사도 잊고, "그럴 리가."라는 말을 먼저 내뱉었다.

내게는 고질병이 있다. 바로 '칭찬 알레르기'다. 누군가 나를 진심으로 칭찬할 때면, 왠지 모르게 온몸에 가시가 돋는 듯한 기분이 든다. 상대의 좋은 평가를 온전히 받아들이지 못하고, 스스로 부정하며 부족한 이유부터 찾아내기 바빴다. 그렇게 되면 상대방조차 '내가 잘못 봤나?' 하며 헷갈리고 만다. 거기다 나는 '적당히'를 모르고 계속해서 스스로를 채찍질하며 벼랑 끝으로 내몰았다. 도대체 난 왜 이럴까? 남들은 자기 PR 시대라며 잘만 자신을 드러내는데, 나는 왜 늘 창피해하며 숨기기에 급급했던 걸까? 이제는 이 불행의 굴레에서 벗어나고 싶었다.

그리고 상담 치료를 통해 비로소 원인을 알 수 있었다.

'나는 나를 믿어주지 않았다.'

그동안 자존감이 높다고 스스로 착각하며 살아왔지만, 사실 나는 누구보다 낮은 자존감을 가진 사람이었다. 자존감이 낮은 사람은 자신의 가치를 스스로 낮게 평가한다. 그래서 진심이 담긴 칭찬조차도 온전히 받아들이거나 기뻐하지 못한다. 내가 받은 칭찬은 분명 나의 것인데도, 그것을 누리지 못한다는 사실이 서글펐다. 그래서 나는 나를 위해 조금씩 변해 보기로 했다.

첫 번째, 나에게 조금 더 친절해지기.
두 번째, 실수는 성장의 기회. 스스로를 깎아내리지 않기.
세 번째, 잘한 것은 아낌없이 '칭찬 폭격'하기.
네 번째, 다른 사람은 몰라도, 나만큼은 나를 미워하지 않기.
다섯 번째, 나의 모든 것을 온전히 사랑하기.

처음엔 마음먹은 것처럼 쉽지 않았다. 자기 비하를 부추기는 불청객들이 안팎에서 끊임없이 찾아왔다. 그럼에도 이번에는 문을 열어주지 않으려 애썼다. 스스로를 낮추는 행위는 행복으로부터 나를 더 멀어지게 한다는 것을 이제는 알기 때문이다.

'나의 가능성은 무궁무진하다. 스스로에게 한계를 두지 말자.'라고 마음속으로 계속해서 외쳤다. '내가 뭐라고.', '내가 과연 이걸 할 자격이 있을까?'와 같은 비관적인 생각은 접어두고, 일단 해보고 생각하기로 했다. 되면 좋고, 아니면 말고!

나의 자존감을 지킬 수 있는 사람은 오직 나뿐이다. 자존감이 높은 사람은 칭찬을 기쁘게 받아들이고, 호의도 호의 그 자체로 감사히 여길 줄 안다. 바닥에 붙어있던 낮은 자존감이 하루아침에 높아지지는 않겠지만, '나에게 조금만 친절해지기'를 매일 실천한다면, 어느 날 거울 앞에서 나를 가장 사랑하는 1호 팬을 마주하게 될 것이다.

"네가 쓴 책 정말 좋더라."
"고마워. 네가 그렇게 말해주니 정말 기쁘다."

세상에 존재하는 다양한 동물, 식물, 사물 등이
우리처럼 생각하고 말하며,
'행복'이란 무엇인지 이야기하는 글입니다.

행복이란:
나만의 속도로 삶을 살아내는 것

 꼭 눈에 띄는 성과를 내야만 의미 있는 삶일까? 남들이 알아볼 만큼의 뚜렷한 발전이 없다면, 그 삶은 실패한 것일까?

 세상의 기준에서 보면, 나는 늘 변화 없는 비슷한 모습으로 보였을지도 모른다. 심지어 나 스스로 몇백 년 동안 바뀐 게 없다고 착각할 정도였으니, 남들은 더 그랬을 테다. 그런데 오랜 세월 한자리에 머물며 각종 풍파를 겪다 보니, 세상을 살아가는 데 가장 중요한 진리 하나를 놓치고 있었다는 걸 깨달았다.

생명이 깃든 모든 것들은 매 순간 새롭게 진화하며 신비로
움과 놀라움을 선사했다. 나무와 꽃은 계절이 지날 때마다,
아니 매일 조금씩 다른 색과 모양을 뽐내며 끊임없이 변화
했다. 겉으로 티가 잘 나지 않더라도, 나 역시 그들처럼 매
일 변화를 거듭하고 있었다. 좋은 쪽이든, 나쁜 쪽이든, 내
가 걸어온 길 위에서 함께 성장하고 있었다.

선물같이 찾아온 햇빛 덕분에 푸르른 이끼밭을 가꾸고,
천둥번개 속에 흔들려 보금자리가 바뀌고,
빗물이 눈물이 되어 온몸을 적시는 흔적을 남기고,
홍수에 휩쓸려 떠내려가기도,
지진에 휘말려 절벽 아래로 떨어지기도 하며,
수많은 다른 '나'의 조각들이 잔해처럼 온 세상으로 흩어
져 갔다.

흩어지는 것은 슬픈 일이 아니었다.
흩어진 조각들은 부서지고 마모되기를 반복하며
결국 새로운 모습으로 다시 태어났다.

누군가는 내게 몇 년째 같은 모습을 유지한다고 말했다. 하지만 겉으로 잘 보이지 않았을 뿐이지, 나도 미세한 성장을 천천히 이루고 있었다. 다른 것들에 비해 조금 느릴 뿐, 이것이 나에게 맞는 나만의 속도였다.

삶의 방향과 속도는 제각각이기에, 정답이 없다. 누구는 파도를 타고 저 멀리 앞서 나가는 것처럼 보였지만, 바닷속 깊은 심연으로 빠져들어 헤어나지 못하기도 했다. 또 다른 이는 사막의 늪에 빠져 죽을 것 같았는데, 모래바람을 타고 생각지도 못한 파라다이스를 마주하기도 했다. 끝없이 펼쳐지는 알 수 없는 세계에서 모두 상처를 딛고 한 뼘씩 자라나는 중이다.

다양한 풍파를 겪으며 나는 깨달았다. 나의 외면만큼이나 내면도 더욱 단단해진다는 것을.

그동안 나를 짓밟고, 자신의 이익을 취하려 하거나, 나를 무너뜨리려는 무리를 숱하게 만났다. 하지만 나는 언제나 굳건히 중심을 지켰다. 흔들리고, 떠내려가고, 떨어지기도 했지만, 무엇도 나를 완전히 없애지는 못했다.

눈에 보이지 않는다고 해서 성장하지 않은 것이 아니다. 나만 알고 있는 변화와 성장도 절대 무의미하지 않다. 나는 나만의 속도로, 나만의 방식으로 조용하게 성장하고 있다. 그리고 그 성장은 누군가에게 보이기 위한 것이 아니라, 오롯이 나 자신을 위한 것이었다.

아무도 알아주지 않아도 괜찮아.
가장 큰 위기는 나조차도 내 노력을 외면할 때 찾아오니까.

얼마나 노력했는지,
얼마나 치열했는지,
내가 알잖아.
그럼 그걸로 된 거야.

배송 시작

'행복' 주문 완료!

뜻밖에 끝판왕의 등장

추운 겨울이었다. 오랜 타지 생활로 몸과 마음이 지칠 대로 지친 상태로 한국으로 돌아왔다. 다양한 문제들이 내 앞에 놓여 있었지만, 그중 가장 시급한 건 허리 통증이었다. 앉아 있거나 서 있는 것조차 힘들어 하루 24시간 중 22시간을 누워 지내야 했다. 작은 움직임에도 통증이 밀려왔고, 몸을 마음대로 움직일 수 없다는 사실이 더욱 나를 짓눌렀다. 시간이 갈수록 불편함은 고통이 되었고, 고통은 스트레스로 쌓여갔다. 움직이지 못하는 시간이 길어질수록 감정도 예민해졌다. 신경은 날카롭게 곤두섰고, 답답함과 무기력이 점점 나를 갉아먹었다. 몸이 자유롭지 않으니, 마음도 갇혀버린 기분이었다. 삶을 바라보는 시선도 부정적으로 변해갔다.

하루라도 빨리 일상으로 복귀하고 싶은 마음에 국내 최고라는 종합병원을 찾아갔다. 최고라는 수식어에 걸맞게 진료를 받기 위해 몇 달을 기다려야 했다. 드디어 검사를 마치고 진료실에 들어선 날, 마치 끝이 보이지 않던 어둠 속에서 벗어날 것만 같은 기대감으로 부풀어 올랐다. 그러나 의사의 진단은 그런 내 희망을 가볍게 짓밟아 놓았다.

"환자에게 통증이 있는 듯 보이지만, 원인으로 보일 만한 의학적 소견이 없습니다."

순간 머릿속이 하얘졌다. 내가 느끼는 이 고통이 존재하지 않는다는 말인가? 여태껏 참아온 통증이 부정당하는 기분이었다. 혹시라도 오진이 아닐까 싶어 두 번째로 유명하다는 병원을 찾아갔지만, 결과는 똑같았다. 나를 꾀병 환자로 취급하는 듯한 반응에 비참함이 밀려왔다. 긴 얘기를 하지 않아도 그들의 태도에서 이미 모든 것이 느껴졌다. 몇 달을 기다려 얻은 것은 고작 검사 결과지 한 장과 "정상입니다."라는 단순한 한마디뿐이었다. 나을 수 있을 거라는 간절했던 희망이 한순간에 물거품이 되어버렸다. 날이 갈수록 심해지는 통증을 견디기 힘들었다. 병원을 전전하며 수없이 많은 검사를 받았지만, 원인을 찾지 못한 채 "정상입니다."라는 말만 들을 뿐이었다. 나는 점점 지쳐갔다. 통증은 여전한데, 누구도 그 이유를 설명해 주지 못하는 현실이 답답했다.

그러던 중, 우연히 지인을 통해 지방에 있는 한의원을 소개받았다. 나처럼 원인 불명의 허리 통증을 겪은 사람들이 그곳에서 증상을 고쳤다고 했다. 단순한 소문일 수도 있겠지만, 그 한마디가 내게는 마지막 남은 희망 같았다. 가능성이 희박해 보이긴 했지만, 어디든 가야만 했다. 사람이 벼랑 끝에 내몰리면 지푸라기라도 잡고 싶어지는 법. 왕복 10시간이나 걸리는 먼 거리였지만, 나는 기꺼이 그 거리를 감수하기로 했다. '이곳에서도 방법이 없다면, 이제 나는 어디로 가야 할까?'라는 생각이 머릿속을 스쳤지만, 애써 지워냈다.

1월의 날씨는 매섭게 추웠다. 병원을 방문하겠다는 단 하나의 목표를 품고, 기차에 몸을 실었다. 낯선 곳에 있는 한 의원을 반신반의하는 상태였지만, 그렇다고 다른 방법이 있는 것도 아니었기에 나로선 선택의 여지가 없었다. 그러나 기차에 타는 것부터가 고역이었다. 허리 아픈 사람에게 '앉아 있는 것'은 단순한 행동이 아니라, 통증과의 싸움이었다. 오죽하면 창밖으로 펼쳐진 설산의 풍경조차 눈에 들어오지 않았다. 눈 덮인 산과 나무들, 차창을 따라 흘러가는 하얀 겨울 풍경이 아무 감흥 없이 지나갔다. 그저 불편한 허리를 조금이라도 덜 자극하기 위해 몸을 이리저리 조심스럽게 움직일 뿐이었다. 자세를 바꿀 때마다 통증이 밀려왔다. 몇 시간 동안 앉았다 서기를 반복했고, 어정쩡한 자세로 몸을 요리조리 틀어봤지만, 그 어떤 자세도 편하지 않았다. 옆자리 승객들이 힐끗 쳐다보는 것이 느껴져 창피했지만, 허리만 고칠 수 있다면 이 정도쯤은 아무것도 아니라 여겼다.

　그런데 낡고 작은 병원 건물을 보는 순간 간신히 붙잡고 있던 신뢰가 땅끝까지 추락하는 기분이 들었다. 기차까지 타고 몇 시간을 달려왔건만, 눈앞에 펼쳐진 건 오래된 간판과 퇴색된 외벽뿐이었다. '정말 여기가 맞나?' 두 눈을 의심하며 병원 문을 열자, 끼익- 기름칠 안 된 철문이 거친 소리를 냈다. 불길한 예감이 엄습했다.

안으로 들어서니, 병원 내부도 크게 다르지 않았다. 접수대마저 시간이 멈춘 듯한 오래된 나무 책상이었고, 대기실은 최소한의 가구만 덩그러니 놓여 있었다. 전문 병원이라기보다 한적한 마을 의원에 가까웠다. 물론, 병원 외관이 치료 효과를 결정하는 건 아니지만, 신뢰가 흔들리기엔 충분했다. 예약된 이름을 말하고 대기 의자에 앉았지만, 머릿속에는 온갖 의구심이 빗발쳤다. '우리나라에서 최고라는 큰 병원에서도 못 고쳤는데, 여기라고 다를까.', '시간 낭비, 돈 낭비 아닐까?', '차라리 들어가지 말고 그냥 돌아갈까?' 이미 이곳에 온 것을 후회하고 있었다. 어쩌면 기차를 탔을 때부터 이미 후회했는지도 모른다. 그러나 고민할 시간조차 허락되지 않았다. 진료실 문 너머에서 내 이름을 세 번이나 부르고 있었기 때문이다.

진료실 안으로 들어섰다. 안경을 쓰고, 흰색 가운을 입고, 표정 변화 없는 무뚝뚝한 얼굴까지, 원장님의 첫인상은 지금까지 봐온 여느 의사들과 크게 다르지 않았다. 별 기대할 것도 없겠다고 생각하던 와중에 간단한 검진이 이어졌다. 손으로 허리를 눌러보고, 몇 가지 질문을 던지고, 그러곤 아무 말 없이 컴퓨터에 무언가를 적기 시작했다. 나는 속으로 '역시나.'라고 외쳤다. 내가 만나 온 의사들과 마찬가지로 몇 초 후면 또다시 '아무 이상이 없습니다.'라고 말하겠지. 나는 시간과 돈, 그리고 노력까지 모두 불태우고 이곳에 아무 이유도 없이 왔구나. 환장하네. 아주 꼬일 대로 꼬여버린 내면이 폭발하는 순간이었다. 그가 무슨 말을 하든 분명히 실망할 거라고 확신하던 찰나, 그 확신을 흐릿하게 하는 한마디가 들려왔다.

"꿈이 뭐예요?"

나는 지금 속에서 미친 듯이 내적 폭발을 일으키고 있는데, 갑자기 맥락도 없이 옆에서 엉뚱한 질문을 던지면 순간 어버버하는 경험, 다들 있지 않나? 딱 그 경우였다. 그의 퉁명스러운 질문은 나를 황당하게 만들었다. 아니, 내가 지금 몇 시간을 달려와 허리 통증으로 죽을 지경인데, 갑자기 꿈이라니? 허리가 아파서 앉는 것조차 힘든 환자한테 뜬금없이 꿈을 묻는 이유가 뭐지? 내가 꿈도 없이 사는 불쌍한 사람처럼 보였나? 나는 최대한 이성적인 어른처럼 보이려 애쓰며, 불쾌한 감정을 숨긴 채, 보란 듯이 자신 있게 대답했다.

"지금 다니는 학교 전공을 살려서 앞으로는 이러한 일을 할 예정이고, 경력을 쌓으면…."
"아니, 아니. 장래 희망을 묻는 게 아니라, 인생에서 이루고 싶은 꿈, 목표가 뭔지 묻는 거예요."

그는 더 들어볼 필요도 없다는 듯이 내 말을 잘라버렸다. 순간 머릿속이 하얘졌다. 꿈? 꿈이 뭔데? 당연히 내가 될 직업 아니야? 도대체 나한테 뭘 물어보는 거야? 나는 순간적으로 아무 말도 하지 못했다. 너무 당황해서 입이 떨어지지 않았다. 그런 나를 가만히 바라보던 그가 두 번째 폭탄을 던졌다.

"그럼, 행복은 뭐라고 생각하세요?"

…이게 한의원에서 들을 질문이야? 도대체 무슨 상황인지 정신을 차릴 수 없었다. 그런데 더 황당한 사실은 두 번째 질문엔 내가 아무 답도 하지 못했다는 것이다. 기쁘다, 즐

겁다, 슬프다, 아프다는 감정은 정의할 수 있는데, 행복이란 게 도대체 뭔지 감이 잘 안 왔다. 그때, 갑자기 눈물이 주룩 떨어졌다. 울 일이 없는데, 이유도 모르겠는데, 눈물이 멈추지 않았다. 황급히 옷소매로 눈물을 닦았지만, 마치 제멋대로 쏟아지는 소나기처럼 눈물이 계속 흘러내렸다.

얼마나 시간이 흘렀을까. 조금 진정된 내게 원장님은 조용히 휴지를 건네시더니, 방안을 둘러보라고 했다. "방 안에 뭐가 보이나요?" 나는 눈물을 닦으며 안을 둘러본 뒤, "그냥⋯ 방인데요."라고 답했다. 원장님은 곧바로 "그럼, 저 벽에 걸린 그림을 1분간 봐보세요."라고 말했다. 그제야 방안 벽에 걸린 작은 그림 하나가 내 눈에 들어왔다. 작은 오리와 나무가 그려진 평범한 그림이었다. 무엇이 느껴지냐는 그의 엉뚱한 질문에 나는 고개를 저으며 아무 느낌도 안 난다고 말했다. 그는 고개를 끄덕이며 다시 물었다.

"평소에 방 안을 자주 둘러보나요?"
"아니요."
"최근에 길을 걷다가 하늘을 올려다본 적은요?"
"⋯없어요."

몇 번의 비슷한 질문과 대답이 오간 후, 원장님은 나를 지 그시 바라보며 조용히 말했다.

"인생을 살면서 잠시 방 안을 둘러볼 수 있는, 하늘을 잠깐 올려다볼 수 있는 최소한의 여유가 사라지면, 행복이란 감 정을 잃게 돼요. 그럼 내가 뭘 하고 싶은지도, 뭘 좋아하는 지도 모르게 되죠."

허리 고치러 간 병원에서 이게 무슨 일이람. 그런데도 그 순간, 내 마음 한구석에선 경종이 울렸다. 인생에는 정답이 없다고들 하지만, 나는 늘 정해진 답을 좇으며 살아왔다. 남 들이 걷는 길에서 조금이라도 벗어날까 봐 발을 동동 굴렀 고, 과정을 제대로 즐기지도 못한 채 오로지 목적지에 깃발 꽂는 일에만 급급했다. 그런 내 모습은 낯선 나라에서도 크 게 다르지 않았다. 아니, 더 심했다. 여기까지 와서 실패하 면 안 된다는 강박에, 잠자는 시간, 먹는 시간마저 줄여가 며 책상에 앉아 허리를 혹사시켰다. 잠깐의 여유는 사치라 여겼고, 완벽하지도 않은 인간이 완벽을 추구하며 내 자아 를 끝없이 몰아세웠다. 그리고 그 결과, 처음 온 한의원에 서 이유도 모르는 울음을 한참 동안 쏟아내는 내가 되어있었다. 허리뿐만 아니라 마음까지 망가진 채로 말이다. 나는 허리 통증이 최우선으로 해결해야 하는 문제라고 생각했다. 그런데 뜻밖에 진짜 끝판왕을 마주한 순간이었다. 내가 잃어버린 건 허리 건강이 아니라, **행복을 느끼는 감각, 그 자체였다.**

 이후 1년 6개월 동안 매달 한의원행 기차에 올라탔다. 한방 치료를 빙자한 상담 치료도 성실히 받았다. 처음에는 내 이야기를 꺼내는 것이 영 어색하고 낯설었다. 하지만 시간이 지날수록, 그 시간이 기다려지기 시작했다. 그곳에서는 허리 통증뿐만 아니라, 그동안 애써 외면해 왔던 마음의 무게도 내려놓을 수 있었다. 나조차도 몰랐던 내 마음을 들여다볼 수 있는 유일한 시간. 낡고 초라해 보였던 병원도, 어느새 포근한 공간으로 변해있었다.

 그리고 추웠던 겨울을 지나, 다음 해 따뜻한 초여름날. 허리 통증은 거짓말처럼 사라졌다. 매일 하루 세 번 꼬박꼬박 챙겨 먹은 한약 덕분인지, 한 달에 한 번씩 맞은 찌릿한 약침 덕분인지, 혹은 누구에게도 털어놓지 못한 고민을 상담한 덕분인지, 정확히 무엇 때문인지는 알 수 없었다. 아니,

어쩌면 그 모든 것들이 한데 모여 내 몸과 마음을 어우르며 회복시킨 것일지도 모르겠다. 결국, 시작은 허리 통증이었지만, 끝은 '행복'으로 가는 여정이었다.

삶에는 이렇듯 한 번씩 멈춰 서서 끊어가는 타이밍이 필요하다. 그게 자의든, 타의든, 그 시간을 통해 마음의 빈 곳을 채우고 재충전할 수만 있다면, 다시 나아갈 힘을 기를 수 있다. 하지만 한 번 충전했다고 해서 영원히 배터리가 닳지 않는 건 아니다. 살아가다 보면 예상치 못한 벽에 부딪히고, 다시금 무력감에 빠질 때가 찾아온다. 그럴 때마다 나는 이 시절을 떠올린다. 작은 한의원에서 만난 뜻밖에 끝판왕의 기억이 나를 꾸역꾸역 다시 일어서게 만든다.

'행복하다'의 사전적 의미.

'삶에서 충분한 기쁨과 만족을 느껴 흐뭇하다.'

망각의 힘

사람들은 내게 자주 말했다.

"얘, 너는 참 별걸 다 기억한다."

꼼꼼한 성격 때문인지, 기억하려 애쓰지 않아도 뇌에 자동으로 각인되는 경우가 종종 있었다. 문제는 그 기억이 대체로 사소하고 쓸데없는 것들이라는 점이었다. 친구가 했던 무심한 한마디, 상대 얼굴에 스친 표정, 대화의 미묘한 뉘

앙스까지. 나는 그런 것들을 놓치지 않았다. 중요하지 않은 것에 힘 빼는 사람, 그게 바로 나다. 가끔은 적당히 흘려보내고 잊어버릴 줄 알았다면, 내 삶이 지금보다는 조금 덜 피곤했을지도 모른다.

그래서일까, 내 능력(?)을 인정한 가족들은 언제부턴가 무엇이든 기억나지 않을 때마다 나를 찾아 스무고개 퀴즈를 내기 시작했다. "예전에 우리가 갔던 덴데. 그 매콤하고 시원해서 한 번 더 가봐야겠다 했던 집 있잖아? 그때 명함도 받았을 텐데, 거기 이름이 뭐지?" 이 세상에 매콤하고 시원한 음식이 얼마나 많은데, 그중에서 어떻게 추론하라는 거냐 싶겠지만, 나는 단 3초 만에 '아! 거기구나!' 하며 정답을 외친다. 그뿐이랴, 그 집의 주력 메뉴와 가격, 친절함의 정도까지 줄줄 읊어댄다.

한번은 제습기를 사려고 백화점, 전자상가, 공식 매장을 방문해 비교하는 중이었다. 생김새는 똑같은데 모델명과 기능이 조금씩 다르고, 가격 또한 천차만별이었다. 결국 가장 합리적이라고 판단한 전자상가 제품을 선택해 구매했다. 그런데 배송된 제품을 보자마자 매장에서 확인했던 것과 다른 제품이라는 걸 바로 알아차렸다. 언뜻 보면 모양과 기능이 거의 똑같아서 쉽게 구분하기 어려웠지만, 세 가지 제품의 영문과 숫자가 뒤섞인 모델명을 전부 기억하고 있던 내게는 그 차이가 선명히 보였다. 그 모습을 본 가족들이 입을 모아 말했다.

"너 아니면 몰라."

이렇게만 보면 '세세한 기억력은 오히려 좋은 거 아냐?'라고 생각할 수도 있다. 하지만 실상은 그렇지 않다. 이 피곤한 기억력의 단점은 아주 극명하게 드러났다. 나는 얼마 전까지만 해도 내면에 쌓인 모든 갈등과 실패의 역사를 일일이 기억하며 살았다. 일상은 부정적인 기억을 끊임없이 곱씹는 일의 반복이었다. 가족 간의 불화, 친구들과의 다툼 속에서 무심코 내뱉어진 말들이 내게 비수로 꽂힌 순간, 그것들은 절대 내 뇌리를 떠나지 않았다. 다퉜던 상대와 화해하더라도, 별걸 다 기억하는 바람에 그 상처는 여전히 내 안에 남아 관계를 좀먹었다. 부정적인 기억을 곱씹는 동안, 내 마음은 점점 위축되었고, 그 기억들은 마치 지울 수 없는 낙인처럼 나를 따라다녔다. **결국 나를 괴롭히는 건 과거의 그들이 아니라, 그 과거를 놓지 못하고 기억 속에서 되새김질하**

는 나 자신이었다.

 하지만 내가 변하지 않으면, 상황은 절대 바뀌지 않았다. 더 이상 같은 실수를 반복하고 싶지 않았기에, 내게 디폴트 값으로 자리 잡은 '쓸데없는 기억력'을 버리기로 결심했다. 물론, 내 마음처럼 쉽게 해낼 수 있을 거라 기대한 것은 아니었지만, 오랜 습관을 고친다는 것은 생각보다 훨씬 어려웠다. 기억을 덜어내는 연습은 마치 손에 꼭 쥐고 있던 무언가를 억지로 놓아야 하는 것처럼 힘들었다. 그럴 때마다 스스로를 설득했다. 이건 나를 위한 일이고, 앞으로의 나를 더 자유롭게 만들어줄 거라고.

 의사 선생님은 부정적인 기억이 나를 갉아먹으려고 할 때마다 '그러려니 하는 마음'을 가지라고 하셨다. 처음에는 그 말이 잘 이해되지 않았다. '그러려니 하는 마음이 어떻게 나쁜 기억을 잊게 한다는 거지?' 기억 상실증처럼 즉각적인 변화가 나타나는 것도 아닌데, 단지 마음가짐을 바꾸는 것만으로 뭐가 달라질까 싶었다.

 그래도 일단 해보기로 했다. 우선, 모든 일에 의식적으로

'그럴 수도 있지.', '그냥 그런가 보다.'라고 생각하는 것부터 시작했다. 처음엔 효과가 있을까 긴가민가했지만, 시간이 지날수록 사소하고 쓸데없는 것에 연연해하던 나와 조금씩 거리가 생겼다. 예전 같았으면 끝없이 곱씹고, 스스로를 괴롭혔을 말과 상황들이 더 이상 나를 붙잡지 않았다.

중요한 것은, 기억 자체보다는 내가 그것을 어떻게 대하는가였다. 잊어버려도 되는 것을 흘려보내는 적당한 무관심의 기술을 배우는 것. 그렇게 기억의 무게를 덜어내니, 마치 무거운 짐을 내려놓은 것 같이 마음도 한결 가벼워졌다.

'이젠 진짜 나도 모르겠다! 될 대로 되어라!' 시원하게 소리 지르고 나니, 머릿속을 뒤엉키게 하던 복잡함도 조금씩 사라졌다. 다른 사람들의 눈빛, 몸짓, 말투에 지나치게 큰 의미 부여도 하지 않았다. 갈등이 생길 때는 억지로 해결하려고 발버둥치기보다는 자연스럽게 흘러가도록 내버려 두었다.

그러다 보니 마음 한구석에 늘 자리 잡고 있던 불편한 감정이 어느 날 문득 작아져 있었다. 마치 마법의 묘약을 먹고 기억 상실증에 걸린 것처럼 극적인 변화는 아니었지만, 이불킥할 만한 일이나 일상에서 흔히 받던 작은 상처들이 어느새 무뎌지고 잊혀져 갔다. 예상치 못한 변수가 끼어들더라도, 조금은 쿨하게 넘길 줄도 알게 된 것이다. 옆에서 개가 짖거나 멧돼지가 들이닥치더라도, '어머, 너 거기 있었니? 그래, 넌 네 할 일을 하고, 나는 내 갈 길 간다.'라고 의연하게 대처했다. 그것만으로도 한때 나를 괴롭혔던 세세하고 사소한 기억들이 더 이상 내 발목에 매달리지 않았다. 시간이 꽤 걸리기는 했지만, 부정적인 기운으로 하루를 마무리하지 않는 것만으로도 장족의 발전을 이뤘다고 생각한다.

내 마음에 여유가 생기니 주변이 보이기 시작했다. 하루는 할머니의 통화 내용에 마음이 영 불편한 적이 있었다. 통화 상대는 할머니가 시골에 계실 때 동네에 살던 분이었는데, 할머니가 서울로 이사 오신 이후, 할머니에 대한 안 좋은 소문을 그분이 퍼트렸다고 한다. 나중에 모든 게 거짓말이었다는 게 밝혀져 다행이었지만, 그 당시 마음고생을 꽤 하셨던 걸 생각하면 여전히 속상하기만 하다. 전화를 끊으신 할머니에게 나는 참지 못하고 물었다.

"어떻게 할머니는 그렇게 못되게 굴었던 사람이랑 기분 좋게 웃으면서 통화할 수 있어요?"

"응? 걔가 그런 적이 있었나? 호호호."

그 후 더는 할머니에게 그의 만행에 대해 언급하지 않았다. 그저, 과거의 일은 지나간 대로 남겨 두기로 했다. 예전의 나였다면, 그 일에 대해 끝없이 곱씹으며 부정적인 기운으로 할머니와 나를 잠식시켰을 것이다. 그러나 이제는 안다. '망각의 힘'이 얼마나 대단한지. 또 적당한 잊어버림이 모두의 정신건강에 얼마나 이로운지를.

여행'조차' 잘하려는 그대여

대한민국은 현재 여행 공화국이다. 코로나 팬데믹 이후 많은 사람이 여행의 소중함을 다시금 깨닫게 되었고, 그동안 가지 못했던 여행에 대한 갈증 해소로 그 수요가 폭발적으로 증가했다. 이와 더불어 여행 관련 콘텐츠도 주목받았다. 블로그, 인스타그램, 유튜브는 물론, TV 예능 프로그램까지 모두 여행 중심으로 흘러갔다. #여행스타그램을 통해 인생샷을 남기는 문화가 번졌고, 여행 브이로그가 큰 인기를 끌면서 여행 유튜버들은 전국적인 유명세를 얻기도 했다.

모두가 열광하는 여행은 단순히 '어디로 떠나는가'에 그치지 않고, '어떻게 느끼고 경험하는가'에 따라 그 의미는 무한히 확장된다. 누군가에게 여행은 새로운 세계를 탐험하는 모험 같은 시간이고, 또 다른 누군가에게는 일상에서 벗어나는 휴식과 치유의 시간이다. 여행에는 정해진 틀이 없다. 방식은 사람마다 천차만별이다. 그런데 유독 우리나라 사람들에게만 나타나는 몇 가지 독특한 공통점이 있다.

첫째, 워라밸이 부족한 우리는 짧은 시간 안에 최대한 많은 것을 보기 위해 효율주의 스파르타식 여행을 계획한다. 파리에선 에펠탑과 루브르 박물관, 뉴욕에선 자유의 여신상과 타임스퀘어, 런던에선 평소에 관심도 없던 예술품을 보기 위해 대영 박물관에 들르고, 타워 브리지 위에서 사진 한 장을 꼭 남긴다. 시간을 쪼개며 유명 관광지를 빠짐없이 돌아다니는 모습은, 마치 방학 숙제를 벼락치기 하듯 끝내려는 학생과 닮아있다.

둘째, 한국인의 여행에서 빠질 수 없는 요소는 바로 먹거리다. 그 지역에서만 맛볼 수 있는 유명 맛집은 1시간 웨이팅을 해서라도 꼭 경험해야 한다. 여행 전부터 인터넷 후기를 꼼꼼히 살피고, 별점과 리뷰를 참고해 코스를 짜는 것은 거의 필수다. 심지어 별로 좋아하지도 않는 달팽이 요리를 맛보기 위해 밖에서 1시간, 안에서 1시간, 도합 2시간을 기다리는 일도 서슴지 않는다. 그렇게 어렵게 먹고 나서 "별것도 없네."라는 실망스러운 평가를 하면서도, 아이러니하게 다음 여행지에서도 비슷한 일을 반복한다.

다른 시기에 각자 떠난 여행임에도, 결국 같은 관광지에서 서로를 마주하게 된다. "너 거기까지 가서 그것도 안 봤어?"라는 말을 듣고 싶지 않아서일까? 우리는 여행에서도 열을 올리며, 남들이 한만큼 혹은 그 이상으로 잘하려는 강박에 사로잡힌다. 놓치면 안 되는 필수 코스를 완벽하게 소화해야만 비로소 이번 여행이 성공적이었다고 여긴다.

나는 MBTI J형 인간이다. 여행'조차' 완벽하게 잘해내려는 사람이 바로 나다. 하지만 계획에 너무 얽매이다 보니, 정작 중요한 것을 놓칠 때가 많았다. 몇 년 전 가족들과 떠난 해외여행이 그 대표적인 예다. 모두 각자의 시간을 어렵게 내서 떠난 여행이었고, 처음 가는 나라인 만큼 웬만한 관광지를 전부 여행 코스에 포함시켰다. 처음에는 설렘과 신기함에 들떠 열심히 다녔지만, 어느 순간부터 여행이 즐겁지 않았다. 내 취향과 관계없이 그저 '꼭 가봐야 하는 필수 여행지' 위주로 따라다녔다는 걸 깨달았기 때문이다. 그 뒤로는 아무리 아름다운 풍경이 눈앞에 펼쳐져도 감흥이 느껴지지 않았다.

그동안 목적 없는 여행이 무의미하다고 스스로를 속였던 것 같다. 그래서 완전히 다른 방식으로 한 번 떠나보기로 결심했다. 무엇보다 오롯이 나만을 위한 여행을 해보고 싶었다. 계획 없이 떠나는 걸 두려워하던 내가, 홀로 무계획 제주 여행을 감행했다. 이번 여행의 목적은 단 하나였다. 지난 여행들처럼 숙제하듯 끌려다니지 않는 것. 그 목적에만 충실하기로 마음먹었다. 처음에는 어색했다. 일정표가 없는 공백의 시간 속에서 아무것도 하지 않는 내가 어쩐지 여행 온 자신에게 죄를 짓는 것만 같았다. 하지만 이번만큼은 그 어색함마저 여행의 일부로 받아들이기로 했다.

변수 많은 날씨에 스트레스받지 않고, 비가 오면 비가 오는 대로 운치 있는 카페에 들러 책을 읽었다. 카페에 가기 전, 동네 작은 책방에 들러 마음에 드는 책 한 권을 골랐다. 덕분에, 평소 같았으면 일정에 치여 지나쳤을 작지만, 따뜻한 책방과 마주할 수 있었다.

블로그에서 찾은 유명 맛집 대신, 동네 어르신들이 추천해 주신 식당에 갔다가 인생 맛집을 발견하기도 했다. 그로 인해 제주에 올 때마다 들르게 되는 나만의 밥 친구가 생겼다. 평점 앱에서는 절대 찾아볼 수 없는, 진짜 보물 같은 공간이다.

버스 정류장을 찾으려고 켰던 지도 앱 덕분에 우연히 작은 공원을 발견했고, 그곳에서 예상치 못한 행운처럼 무지개를 마주했다. 평소 같았으면 여행지까지 와서 작은 공원에 들를 생각조차 하지 않았겠지만, 그 순간이 오히려 제주 여행의 하이라이트가 되었다.

흘러가는 순간을 기꺼이 받아들였기에 얻을 수 있었던 인생의 소중한 한 페이지. 안달복달하지 않으려는 마음가짐 덕분에, 이런 보석 같은 순간들을 발견할 수 있었다.

여행의 진정한 행복은 정해진 계획 속에 있지 않았다. 예기치 않은 순간에 느껴지는 따뜻함, 우연히 찾아낸 맛있는 음식, 그리고 뜻밖에 마주한 소중한 만남. 이처럼 작고 소박한 순간들이 오히려 행복을 극대화했다.

여행이란 결국, 예상치 못한 곳에서 발견한 '우연의 기쁨들'이 모여 만든 일종의 '서프라이즈 선물'과도 같다. 그리고 그건 나를 새로운 장소에 온전히 맡겼을 때 비로소 느낄 수 있다. 물론 계획적인 여행이 나쁘다는 것은 아니다. 하지만 모든 일정을 완벽하게 소화하려다 보면, 여행의 가장 큰 매력인 '자유'와 '여유'를 잃어버리기 쉽다. 여행이 피로로 바뀌는 순간, 금세 우리는 지쳐버리고 만다. 그렇기에 결국 여행을 더 풍성하게 만드는 건, 적당한 유연성을 가지고 '계획'과 '즉흥'의 균형을 잘 맞추는 데 있다. 흘러가는 대로, 되는 대로 즐기다 보면, 나도 모르는 사이에 일상의 힘듦을 단번에 날려 버릴 수 있는 반짝이는 순간을 맞이하게 될 것이다.

인생도 마찬가지다. 잘살아보겠다고 치밀하게 계획을 세우고 열심히 실행하지만, 계획이 뜻대로 풀리지 않는다고 해서 그것이 잘못된 인생을 의미하지는 않는다. 오히려 그 안에 배움과 성장이 있었다. 계획과 다른 방향으로 흘러간 경험들이 오히려 나를 더 단단하고 유연하게 만들어주었다. **예측 불가능한 순간 속에서도, 나만의 방식으로 나답게 살아가는 법을 배우는 것. 어쩌면 이것이야말로 '삶'이라는 '긴 여행'의 진정한 재미가 아닐까.**

무언가를 잘해내야겠다는 '적당한 압박'은 개인의 성장에 분명 도움이 된다. 그러나 모든 것을 완벽히 잘해내야만 한다는 '강박'은 오히려 나의 일상을 무너뜨리고 삶의 여유를 빼앗는다. 이제는 완벽한 하루보다도, 작고 소소한 행복을 놓치지 않는 하루를 살고 싶다. 그것만으로도 인생은 충분히 아름다울 테니 말이다.

행복이란:
오랜 꿈을 향해 한 걸음 내딛는 용기

세상에 태어났을 때, 나는 아주 미약한 존재에 불과했다. 무슨 재능이 있는지, 무엇을 좋아하는지, 어떤 걸 해야 하는지도 몰랐다. 나같이 하찮은 존재 때문에 수백 년 동안 많은 이들에게 존경받던 어머니가 돌아가셨다. 주위에서는 그저 태어남에 감사하고, 무언가 되겠다는 욕심을 갖지 말라고 했다. 덤으로 사는 삶, 내게 행복해질 권리 따위는 없으니까. '내'가 아닌, '남'을 위해 헌신하며 주어진 대로만 살라고 말했다. 아이들을 가르치는 학교 교과서로써 쓰임을 받거

나, 시대의 흐름을 알려주는 신문으로 봉사하라고. 둘 다 집
안 대대로 이어져 내려오는 가업이었다. 하지만 그럴 수 없
었다. 내 심장을 뺏겨버린 꿈이 생겼기 때문이다.

'맨몸으로 하늘을 날아 세계 일주하는 것.'

어른들은 생뚱맞은 꿈은 절대 좇지 말라 했다. 가치 없는
일에 시간 낭비하지 말고, 그냥 남들이 하는 딱 중간만큼만
하라고. 모두 내 꿈이 허황되다며 비웃었다. 물론 기내에 배
치되는 잡지가 되어 비행기로 하늘을 나는 쉬운 방법도 있
었지만, 나는 온전히 내 힘으로 날고 싶었다. 변화무쌍한 나
를 받아들이지 못하는 이 꽉 막힌 꼰대 사회를 벗어나, 마음
껏 내 두 날개를 펼쳐 보고 싶었다. 새로 태어날 수는 없지
만, 자유롭게 하늘 높이 날아오르는 큰 새가 되고 싶었다.

당신도 내 꿈이 허황되었다며 코웃음을 칠까? 비난보다는
현실적으로 말이 안 된다고 생각했을 수도 있다. 지금까지
맨몸으로 세계 일주한 사례를 본 적이 없으니까. 주위 모두
가 안 된다고만 하니, 내 안에 가득했던 반짝반짝한 불빛도
점차 사그라져갔다. 끝내 나도 꿈을 접었고, 현실에 안주했

다. 하지만, 행복하지 않았다. 돌아서면 내 간절한 소망이 생각났고, 무언가를 이뤄내도 찝찝함이 남았다. 끝내지 못한 숙제가 남아 있는 기분을 떨쳐낼 수 없었다.

그런데 세상을 살아가다 보면, 아주 사소한 것 하나 때문에 예상치 못한 방향으로 삶이 흘러가기도 한다. 계획과는 다른 새로운 일을 맞이하기에, 지생(紙生, 종이의 삶)은 어려운 동시에 참 재밌다.

우리 동네에서 새해맞이 기념으로 축제가 열린다는 소식을 들었다. 대회 종목에는 내가 상상만 해오던 '연날리기'가 있었다. 특히 출신, 경력, 신분, 배경 따위는 아예 보지 않는다는 공고문이 내 시선을 사로잡았다. 불가능하다며 내 꿈을 비웃은 이들에게. 아니, 스스로조차 믿지 못한 나 자신에게 먼저 증명하고 싶었다. 꿈을 이루기에 부족한 존재가 아니라, 충분히 차고 넘치는 존재임을 말이다.

몇 날 며칠 밤을 새워 준비했다. 늦은 도전이었지만, 끓어오르는 열정이 마치 천연 카페인처럼 작용했다. 그 덕분에 잠을 자지 않아도 피곤함을 느끼지 않았다. 준비해야 할 것들이 한둘이 아니었지만, 원하는 일을 해나가는 과정은 힘들기보단 기대될 뿐이었다.

축젯날 아침이 밝았다. 기다리고 기다리던 순간이었다. 찬란한 햇빛이 반기듯이 나를 밝게 비추었다. 드높은 하늘 위로 나의 원대한 꿈을 띄워 보는 첫걸음. 절대 이룰 수 없을 것만 같던 일이 시작되자, 설렘에 가슴이 쿵쾅거렸다. 하지만 무엇이든 쉽게 이룰 수 있다면, 우리는 그걸 꿈이라고 부르지 않을 것이다.

실타래를 풀어 처음 바람을 맞았을 때, 거센 풍랑에 나는 곧장 바닥으로 고꾸라졌다. 나의 존재가 얼마나 미약한지 다시금 깨닫는 순간이었다. 여기저기서 비웃는 소리도 들려왔다. 잠깐 포기할까도 생각했다. '역시 나는 아무것도 제대로 할 수 없구나.' 패배의 그림자가 나를 덮쳐오기 직전이었다.

그때, 뒤에서 불어오는 미지근한 미풍이 나를 조금씩 떠밀기 시작했다. 포기하려는 나를 낚아채는 듯한 느낌이었다. 예전에 어머니와 함께 있을 때 느꼈던 따뜻한 바람이었다. 나를 감싸 주는 연실과 연줄의 도움으로, 다시 하늘로 향하였다. 그러나 이번에도 바닥으로 수직 하강했다. 미숙한 나는 떨어지고 일어나기를 무한 반복했다.

어느새 해가 저물고, 적당한 기록을 낸 모두가 다시 일상으로 돌아갈 준비를 마쳤다. 그중 몇몇은 현장에 남아 마지막까지 도전하는 나를 지켜보았다. 웃음기 하나 없이 진지한 모습으로 끊임없이 도전하는 나를 보며, 비웃던 무리도 어느새 응원하고 있었다. 내 간절함에 자신들의 소망을 투영한 것 같았다. 몇몇은 소원까지 빌기도 했다.

'이들의 희망과 소망을 이고 지고 끝까지 올라가 보자.'

시간이 지날수록 나는 점차 바람의 방향과 힘을 읽어갔다. 강한 바람에 먼저 올라타면 고꾸라졌기에, 약한 바람으로 시작해 강한 바람으로 갈아타야만 했다. 그 시기와 타이밍을 적절히 맞추는 게 중요했다.

그리고 몇백 번의 시도 끝에 결국 해낼 수 있었다. 강한 바람에 성공적으로 올라탄 나는 누구보다 높은 곳까지 오르게 되었다. 여기저기서 환호성을 외치며 쾌재를 불렀다. 모두 나를 개천에서 난 용이라 불렀다. 다들 내 도전이 여기서 마무리될 거라 여기는 듯했다. 하지만 내 꿈은 남들이 정한 기준, 가장 높은 곳에 오르는 것이 아니었다. 나를 붙잡고 있는 이 연줄을 끊고 바람에 온전히 내 몸을 맡겨 떠나는 것, 비로소 자유로워지는 것이었다.

산들바람이 불어왔다. 내 몸을 감싸는 건 이제 아무것도 없었다. 오랜 꿈을 향한 한 걸음이 그렇게 시작됐다. 오로지 바람을 동력 삼아 저 멀리 까마득한 세상을 향해 날아가고 있었다. 머릿속에서 매일 꿈 꾸던 장면이 실제로 눈앞에 펼쳐졌다. 크게만 느껴지던 세상이 이제는 너무 작아 보여 더는 두렵지 않았다. 해방감이 나를 휘감았고, 그 어느 때보다 자유로웠다. 하늘의 파란빛과 나를 감싸고 있는 하얀색 옷이 한데 어우러졌다. 그간의 인내와 노력이 결실을 보는 순간, 나는 마침내 비상하였다.

나는 더 이상 평범한 종잇조각이 아니다. 드넓은 세상을 맘껏 누비고 있는, 꿈을 실현한 존재. 비록 언젠가는 땅으로 떨어질지라도, 자유롭게 하늘을 날아 천공을 가로지르는 꿈을 이뤘기에 전혀 후회가 없다. 후회 없는 삶을 산다는 것 자체로 얼마나 가뿐하고 가치가 있는가.

'비상하라! 자유롭게 날아라!'

뭐든 잡고 퉤퉤퉤!

살면서 꼭 한 명쯤 만나게 된다. 입만 열면 부정적인 얘기를 쏟아내며, 누군가의 의욕을 꺾는 데 타고난 사람.

"그게 되겠니?"

"괜히 고생하지 말고 너 하던 거나 열심히 해."

"어차피 해보나 마나 잘 안돼."

"절대 성공할 수가 없지."

"운은 원래 안 좋았어."

"삶이 원래 그런 거야."

"차라리 포기하는 게 나아."

"실패한다니까?"

"그냥 애초에 시작을 하지 말았어야지."

"내가 보니까 결국 네가 문제야."

 나름 힘겹게 마음먹고, 용기를 내어 한 발 내디뎌보려는 순간마다 꼭 초치는 인간들이 있다. 표현이 좀 과격하다고? 하지만 내 솔직한 심정이 그렇다. 나를 좀 믿고 응원해 준다면 얼마나 좋을까. 아니, 차라리 아무 말도 하지 않고 그냥 조용히 지켜보기만 해도 고마울 텐데. 꼭 부정적인 말로 찬물을 끼얹고, 사람을 암울하게 만든다.

 그게 가족일 수도, 친구일 수도, 직장 상사일 수도, 혹은 나 자신일 수도 있다. 문제는 그 상대가 나와 가장 가까운 사람일수록, 그 말의 무게가 더 깊고 치명적으로 다가온다는 점이다. 단순한 의견에 그치지 않고, 마치 예언처럼 현실로 일어날 것만 같은 두려움이 나를 덮쳐왔다. 그 말이 거짓이라고 확신하지 못하는 위축된 태도 속에서, 나는 점점 더 작아지는 기분에 휩싸였다.

'어쩌면 내가 정말 문제일지도 몰라.'라며, 내 일임에도 스스로 결정하지 못하는 상황이 반복됐다. 시간이 지날수록 불안은 커져, 가위에 눌리거나 악몽에 시달리기 일쑤였다. 그러다 보니 어느 순간부터 이런 고통스러운 일상이 마치 당연한 것처럼 느껴지기 시작했다. 벗어나고 싶었지만, 방법을 몰랐다.

그러던 어느 날, 직장 상사에게 별것 아닌 일로 심한 폭언을 듣는 선배가 걱정되어 괜찮냐고 물은 적이 있었다. 그런데 선배의 반응은 의외였다. "저 미친놈은 왜 맨날 나한테 지랄이야."라고 씩씩거리기는 했지만, 그의 말에 크게 감정이 상한 것 같지는 않았다. 나였다면 한 달은 축 처져 마음고생했을 텐데, 도대체 어떻게 그럴 수 있냐며 득달같이 달려드는 내게 선배는 마법의 단어를 알려주었다.

그건 바로 '퉤퉤퉤'.

퉤퉤퉤? 내가 의아해하는 표정을 짓자, 선배는 미소를 지으며 말을 덧붙였다. 선배에게는 일종의 의식 같은 게 있었다. 자신에게 부정적인 말을 하는 이들을 향해 '퉤퉤퉤'라고 외치면, 그 불운이 비껴간다는 것이었다. 게다가 저렇게 말도 안 통하는 비상식적인 사람의 말은 애초에 한 귀로 듣고 한 귀로 흘려보낸다고 말했다. 그 순간, 늘 시답잖은 농담이나 주고받던 선배가 전혀 다른 사람처럼 보였다. 그가 내 눈엔 마치 재야의 고수, 아니, 세상을 통달한 백발의 도인 같았다.

그때부터 열렬한 '퉤퉤퉤' 신도가 탄생했다. 누구냐고? 바로 나다. 누군가 내게 부정적인 기운을 던지거나 불운이 깃들 만한 말을 하면, 나는 지체없이 '퉤퉤퉤'를 시켰다. 친한 사람에게는 단호하게 "퉤퉤퉤 해!"라고 요구했고, 적당히 아는 사람에게는 "방금 하신 말씀, 퉤퉤퉤라고 해주시겠어요?"라고 정중히 요청했다. 안 친한 사람에게는 대놓고 말하지 못하니, 랩하듯이 속으로 혼자 '퉤퉤퉤'를 무한 반복했다. 뭔가 이 괴짜스러운 행동은 어쩌면 약간의 강박증에서 비롯된 걸지도 모른다. 하지만 그런 건 중요하지 않았다. 미신이든 아니든, 효과만큼은 확실했기 때문이다.

'말이 씨가 된다'라는 속담처럼, 말에는 생각보다 강력한 힘이 깃들어 있다. 그런데 내가 마법의 단어 '퉤퉤퉤'를 외치는 순간, 부정적인 말들이 내게 악영향을 끼치지 못했다. 이 단어는 마치 방패처럼 나를 보호하며 감싸주었다. 세상의 모든 불운이 나를 비껴가는 위대한 기분까지 들었다. 그 덕분에 삶은 놀라울 정도로 평화로워졌다. 여전히 내게 부정적인 말을 던지는 이들이 있었지만, 그들의 말은 이전처럼 강력하지 못했다. 물론, 그 사람들은 그대로였다. 그저 내가 느끼는 타격감이 사라진 것이다.

그런데 재밌는 사실이 있다. 내가 지금껏 열심히 외쳐온 마법의 주문 '퉤퉤퉤'는 사실 정식 명칭이 따로 있었다. 정확히는 '나무 잡고 퉤퉤퉤'. 더 흥미로운 점은, 이 방식이 단순히 한국의 미신이 아니라 전세계적으로도 널리 사용되는 검증된(?) 방법이었다. 미국에서는 'Knock on the wood'라고 하는데, 고대 켈트족이 나무의 영적인 부분을 믿었기에 나무를 두드리면 불운이 사라지고 행운이 깃든다고 여겼다. 특히, 잘되고 있는 일이 부정 타지 않기 위해 굳이 입 밖으로 꺼내지 않는 대신 나무를 두드렸다고 한다. 독일에서는 'Toi Toi Toi!'라고 외치는데, 이 역시 불운을 쫓고 행운을 기원하는 의미로, 나무를 두드리고 침을 뱉으며 숲의 악령들을 쫓는 전통에서 비롯되었다.

이처럼 많은 사람들은 미신을 이용해서라도 불운을 멀리하려고 노력한다. 그만큼 세상에는 부정을 전파하는 나쁜 사람들이 많기 때문이다. 내가 아무리 긍정적인 마인드를 유지하려 애쓴다 해도, 주변에서 끊임없이 괴롭히면 당할 수밖에 없다. 내게는 그 악재를 막아낼 방패와 백신이 필요했고, 그 역할을 해준 것이 바로 '퉤퉤퉤'였다.

그러면 지금까지 내가 믿었던 마법의 주문은 짝퉁이란 말인가? 한동안 혼란스러워 '퉤퉤퉤' 전파를 중단했다. 세상을 통달한 도인 선배조차 정식 명칭까지는 몰랐던 것 같다. 그렇다면 내가 그토록 효과를 믿어 의심치 않았던 '퉤퉤퉤'는 정말 아무 가치가 없던 걸까?

아니다. 분명 효과가 있었다. 중요한 건 주문의 정확성보다, 내가 그 주문을 어떤 마음으로 사용했느냐였다. '뭐든 잡고 퉤퉤퉤'를 외쳤다면 그것만으로 충분했다. '퉤퉤퉤'는 부정적인 말들이 내게 아무 힘을 발휘하지 못한다는 믿음을 실현해 주는 도구일 뿐이었다. 그러니 내게 어떤 영향도 줄 수 없는 미약한 말들에 더는 휘둘리지 말자. 나는 그보다 훨씬 더 강한 존재다. 그러니 이제부터 아무 걱정하지 말고, 나무든, 책상이든, 뭐든, 마음에 드는 어떤 것이든 하나를 붙잡고, 부정을 전파하는 이들에게 자신 있게 외쳐보자.

"퉤퉤퉤! 썩 물럿거라! 이놈!"

슬기로운 인생사용 설명서

2019년, 코로나 팬데믹으로 전 세계가 혼란스러웠던 시기에 사람들의 관심을 한 몸에 받은 건 다름 아닌 '주식'이었다. 뉴스는 연일 상한가 행진 소식을 전하며 주식 시장의 뜨거운 열기를 부추겼고, 주위에서는 투자 성공담이 끊이지 않았다. 나 역시 그 흐름에 휩쓸려 처음으로 주식 투자를 시작했다. 시대에 뒤처지거나, 바보 취급 받기 싫어서 일단 멋모르고 주식 계좌부터 열었다. 정성껏 모은, 적지만 소중한 시드머니도 예수금에 채워 넣으며 알 수 없는 기대감에 부풀었다.

하지만 나는 주식에 대해 아는 것이 거의 없었다. 어떤 종목이 좋다는 소문만 들으면 망설임 없이 매수했고, 주식 고수라는 지인의 말에 의존해 매도했다. 그렇게 제대로 된 준비나 공부 없이, 그저 남들을 따라가는 '묻지마 초보 투자자'가 되었다.

주식 투자에 대한 나만의 주관이나 신념이 전혀 없는 상태에서, 초보자인 내가 예상보다 쉽게 수익을 올린 것이 어쩌면 문제의 시작이었다. 단순히 시기와 상황이 운 좋게 맞아 떨어졌을 뿐인데, 나는 주식 시장을 우습게 보는 치명적인 경험을 하고 말았다.

그러나 수익의 기쁨은 그리 오래가지 않았다. 2022년, 누구도 피해 갈 수 없었던 대국민 '존버(존*버티기)' 사태가 들이닥쳤기 때문이다. 시장은 연일 휘청거렸고, 모든 주식이 급락하며 내 시드머니는 순식간에 증발해 버렸다. 무작정 남의 말만 믿던 나는 대응할 시간도 없이 거센 폭풍 속에 남겨졌다.

투자에 대한 나만의 기준은 처음부터 없었다. 장기 투자와 단기 투자의 차이도 몰랐기에, 장기로 보유해야 할 주식은 몇 주 만에 팔아치웠고, 단기로 빠르게 움직였어야 할 주식은 남의 말만 믿고 끝까지 붙들고 있었다. 결국 거래 정지로 2년간 아무것도 할 수 없던 그 주식은 최근 상장 폐지라는 최악의 결말을 맞이했다.

종종 생각해 본다. 주식을 처음 시작했을 때, 조금이라도 공부하고 나름의 기준과 신념을 세웠더라면 어땠을까? 통장이 플러스였을 거라고 장담할 수는 없지만, 적어도 지금처럼 깊고 어두운 손실의 늪에서 허덕이지는 않았을 것이다.

이런 일은 주식뿐만이 아니었다. 대학 시절, "이 과목 진짜 꿀이야!"라는 주변의 말만 듣고 선택했던 교양 수업은 내 성향과 정반대였고, 결국 수업에 흥미를 잃고 아슬아슬하게 낙제를 면했던 기억이 있다. 다이어트에 성공했다는 친구의 말에 홀린 듯 등록했던 다이어트 프로그램은 내 체질과 맞지 않는 식단과 운동으로 인해 오히려 건강을 해치기만 했다. 심지어 부동산이 대세라는 말에 별생각 없이 결제한 온라인 강의는 1강만 수료한 채, 지금도 날 비웃듯이 그 자리에 남아 있다.

 공통점은 명확했다. 나만의 기준이 없고, 남의 말만 좇았다는 것. 남들이 좋다는 게 나에게도 모두 좋을 거라는 보장은 없었다. 결국 이러한 선택들은 불필요한 시간과 에너지를 소비한 끝에 후회라는 무거운 짐을 남겼다.

 나만의 기준이 없는 것은 기둥 없는 집과도 같다. 작은 바람에도 흔들리고, 큰 비바람이 몰아치면 속수무책으로 무너질 수밖에 없다. 앞으로의 인생을 더 단단하게 살기 위해서는 삶의 중심을 잡아줄 뚜렷한 가치관과 기준이 반드시 필요했다.

 삶은 자신을 이루는 씨앗을 심고, 그것이 나무로 자라나도록 돌보는 긴 과정과도 같다. 어떤 비바람이 불어와도 꺾이지 않는 굳건한 참나무처럼, 나만의 심지를 세우는 일이야말로 앞으로 나아가는 데 꼭 필요한 과정이다. 그 가치관이 내 삶의 방향을 잃지 않게 해주는 든든한 나침반이 되어줄 테니 말이다.

자신의 심지가 굳건한 사람은 어떤 역경 속에서도 중심을 잃지 않는다. 더 나아가 주변까지 긍정적인 에너지를 전파하며 어려움 속에서도 자신과 타인에게 든든한 버팀목이 되어준다. 반대로, 자신만의 기준이 없는 사람은 위기 앞에서 쉽게 흔들리고 무너질 가능성이 크다. 삶을 관통하는 자신만의 한 줄 명제가 없기 때문이다. 그 결과, 같은 문제를 반복해서 마주하고도 뚜렷한 해답을 찾지 못한 채, 끝없는 혼란 속에서 방향을 잃고 헤매게 된다.

나 역시 그랬다. 시련이 닥칠 때마다 쉽게 흔들렸고, '도대체 무엇을 위해 사는 것인가?'라는 질문을 끊임없이 던지며 방황했다. 마치 돛대 잃은 배처럼 거친 바다 위를 정처 없이 떠다니는 것 같았다. 참나무처럼 흔들리지 않는 굳건한 사람이 되고 싶었지만, 정작 내가 믿는 가치관이 어떤 모양인지, 내가 진정으로 추구해야 할 것이 무엇인지조차 알지 못했다. 중심을 잃은 나의 삶은 바람이 부는 대로, 파도가 치는 대로 휘청거렸다.

철학이나 가치관이라는 단어는 그 자체로 어딘가 무겁고 거창하게 느껴진다. 그래서 나는 조금 더 가볍고 친근하게 접근하기로 했다. 바로, 일기장에 한 줄짜리 다짐을 적는 것. 화려한 문장도, 멋진 표현도 필요 없었다. 내가 진심으로 지키고 싶은 것, 스스로에게 원하고 바라는 것을 적기만 하면 됐다. 내가 가장 먼저 적은 것은, '앞으로 무언가를 결정할 때 타인의 말에 의존하지 않겠다.'라는 짧지만, 나에게만큼은 무게감이 있는 한 줄이었다.

나는 이걸 〈슬기로운 인생사용 설명서〉라고 부르기로 했다. 짧지만 진솔한 '나의 경험 한 줄 평'들로 채워진 나만의 안내서. 그 한 줄이 쌓이고 또 쌓이다 보면, 언젠가는 제법 두툼한 책 한 권이 될 거라 믿었다. 그 부피가 두꺼워질수록 비바람은 물론 태풍조차 가볍게 웃어넘길 수 있는 날이 찾아올 거라 확신했다.

어떤 삶을 살고 싶은지, 어떤 모양의 내가 되고 싶은지, 스스로에게 묻고 답하며, 나를 이해하고 알아가는 문장을 틈날 때마다 채워 나갔다. 처음에는 이 작은 습관이 귀찮게 느껴질 때도 있었고, 이렇게 하는 게 효과가 있을까 의문이 들 때도 있었다. 그러나 시간이 흐르고, 기록이 쌓여갈수록, 나는 전보다 나를 더 명확하게 이해하게 되었다.

긴 세월 동안 쌓인 생각과 경험들이 충분히 농익어 지혜의 깊이를 더해가는 자만이, 삶의 무게를 조금이나마 가볍게 다룰 수 있는 진정한 어른이 되는 것 같다. 단순히 나이를 먹는다고 저절로 깨달아지지 않는 것처럼, 매 순간 배우고 성장하려는 노력이 필요하다. 〈슬기로운 인생사용 설명서〉를 통해 나도 언젠가 꽤 괜찮은 어른으로 성장해 있을 거라는 희망이 생겼다. 다가올 태풍을 두려워하지 않고, 용기와 지혜로 시원하게 뚫어버릴 방법을 기록하며 오늘도 하루를 마무리한다.

초보 운전 & 초보 인생

운전면허 시험에 세 번이나 낙방한 친구가 있었다. 어느 날, 도로 안전상의 이유로 시험 난이도가 더 어려워진다는 뉴스를 접하자 나도 그 친구처럼 되기 전에, 혹은 내 머리가 더 굳기 전에 시험을 봐야겠다는 다급한 생각이 들었다. 하지만 현실적으로 운전면허 학원비가 만만치 않았기 때문에, 독학으로 기능시험을 준비하고 도로 주행만 학원에서 배우기로 계획했다.

기능시험은 생각보다 단순했다. 핸들을 좌우로 흔들리지

않게 붙잡고, 페달을 밟았다 떼는 과정을 따라 하니 큰 어려움 없이 통과할 수 있었다. 그러나 도로 주행은 전혀 다른 수준이었다. 운전면허 시험을 준비해 본 사람이라면 알겠지만, '도로 주행'이라는 단어에서 뿜어져 나오는 위압감은 실로 대단했다. 거기다 10번이나 재시험을 치른 사람에 대한 흉흉한 소문이 시험장에 떠돌면서 내 불안을 증폭시켰다.

수업 첫날, 나는 긴장된 마음으로 담당 강사님을 마주했다. 첫인상은 다소 무뚝뚝했지만, 친구가 겪었던 고함을 치거나 욕설을 퍼붓는 강사가 아니어서 안도의 한숨을 내쉬었다. 그렇게 시작된 수업은 내게 운전이라는 신세계를 열어주었다. 처음 핸들을 돌릴 때는 손이 어색해 꼬이고, 브레이크를 밟는 감각도 미숙했지만, 강사님의 지시에 따라 점차 익숙해졌다. 특히 부드럽게 속도를 조절하며 도로를 달릴 때는 묘한 뿌듯함마저 느껴졌다. 도로는 내게 점점 친숙한 공간으로 다가왔다.

며칠 뒤, 대망의 시험 날이 밝았다. 시험은 4개의 코스 중 하나를 랜덤으로 선택해 주행하는 방식이었는데, 그중 가장 어렵다는 악명의 D 코스만 피하면 자신 있었다. 그런데 웬

걸, 하필이면 D 코스라니! 내 뽑기 운은 정말이지 최악이었다. 시작부터 삐걱거린 탓인지, 출발하자마자 평소라면 절대 하지 않았을 깜빡이 미작동 실수를 저질렀다. 감독관의 "감점입니다."라는 차갑고 무심한 한마디에 손바닥에서는 수도꼭지가 열린 듯 땀이 줄줄 흐르고 있었다. '이제 한 번만 더 실수하면, 전설의 십수생이 되는 건가?'라는 식의 극단적인 상상에 사로잡혀 마음은 점점 더 초조해졌다.

하지만 이대로 무너질 수는 없었다. 호랑이 굴에 들어가도 정신만 차리면 산다는 말처럼, 내 안에서 출처를 알 수 없는 초집중 모드 '호랑이 1호'가 발동했다. 내가 가장 두려워했던 D 코스에서 난생처음 몰입의 경지를 맛봤다. 모든 것이 아슬아슬했지만, 그 순간만큼은 내가 도로의 지휘자라도 된 듯이 열정적인 오케스트라 연주를 이어나갔다. 결국 나는 턱걸이 점수로 주행 시험에 합격했다. 합격의 기쁨은 이루 말할 수 없었다. 합격증을 손에 쥐고 나올 때는 세상을 다 가진 것처럼 기세등등한 마음이었다. 이후, 내 운전 자신감은 하늘 높은 줄 모르고 치솟았다. 이제 막 2종 보통 면허를 딴 초보가 무려 여행지에서 12인승 대형 승합차를 몰겠다고 나섰으니, 나는 정말 주제도 모르고 날뛴 셈이다.

긴장이 완전히 풀어진 채로 운전하던 어느 날, 결국 사고를 내고야 말았다. 집으로 가는 두 가지 길 중, 평소라면 조금 멀리 돌아가더라도 도로가 넓고 안전한 첫 번째 길을 택했을 것이다. 그러나 그날따라 무슨 바람이 불었는지, 나는 가깝지만 도로가 좁고 위험한 두 번째 길로 핸들을 돌렸다. 돌이켜보면, 운전면허를 단번에 땄다는 사실에 흠뻑 취한, 면허 취소 수준의 만취 운전이었다. 그렇게 난 좁은 골목길에서 갑자기 튀어나온 택시를 보지 못한 채 그대로 충돌하고 말았다. 쾅 하는 소리와 함께 가슴이 철렁 내려앉았고, 그 충격이 몸 전체에 파동처럼 번져갔다. 다행히 속도가 빠르지 않아 다친 사람은 없었고, 차 수리는 모두 보험으로 처리했다. 그러나 그 사고 이후, 과도하게 취해 있던 내 운전 자신감은 단번에 자취를 감추었다.

'왜 나는 중간이 없을까?' 자신감이 바닥을 치자, 한동안 차에 타는 것조차 두려웠다. 조마조마한 마음에 버스나 택시조차 탈 엄두를 내지 못했다. 시험은 정해진 코스만 무사히 통과하면 합격이었지만, 실전은 달랐다. 예측할 수 없는 수많은 변수가 도사리고 있는 현실 속에서, 그 사고는 초보 운전자였던 내게 깊은 트라우마를 남겨버렸다. 그렇게 내 운전면허는 장롱 안에서 더는 나오지 않았다.

그러던 어느 날, 의기소침해 있던 내게 친구가 작은 선물을 건넸다. 바로 '초보 운전 스티커'와 '땀 방지 핸들 커버'였다. 뜻밖의 선물에 당황한 것도 잠시, 한동안 굳게 닫아 놓았던 운전에 대한 기억이 열리며, 도로 위에서 느꼈던 작은 설렘이 조금씩 되살아났다. 친구는 별말을 하지 않았지만, 그 행동엔 분명한 메시지가 담겨있었다.

'다시 해봐도 아직 늦지 않았어.'
'아직 초보니까, 실수는 당연한 거야. 훌훌 털고 일어나.'

작은 선물이 다시 핸들을 잡을 용기를 심어주었다. 하루라도 빨리 운전을 시작하고 싶은 마음에, 매일 같이 주행 연습하는 데에 온 시간을 쏟았다. 좁은 골목길에서 차폭 감각을 익히기 위해 수백 번의 핸들을 돌렸고, 아파트 지하 주차장에서는 빈자리가 생길 때마다 한 칸씩 옮겨가며 주차 연습을 했다. 우회전 신호등을 주의하고, 고속도로에 진입해 차선 변경하는 것도 처음부터 다시 시작했다.

그리고 마침내 두려움을 안고 홀로 운전대를 다시 잡은 날, 여전히 손바닥이 땀으로 미끄러울 정도로 긴장했지만, '땀 방지 커버' 덕분에 적당히 버틸 만했다. 차선 변경이 겁이 나 한참을 망설이다가도, '초보 운전 스티커'를 믿고 용기를 내어 끼어들기에 도전했다. 처음엔 서툴렀지만, 점차 자연스러워졌다.

나는 사고 이전보다 운전 실력이 눈에 띄게 좋아졌음을 느꼈다. 또한, 운전에 대한 내 마음가짐도 크게 달라졌다. 자신감에 취해 무리수를 두는 대신, 겸손한 자세로 도로 위에 서면서 운전이 주는 안정감을 온전히 느낄 수 있었다. 그리고 차분함 속에서 느껴지는 안정감은 비단 운전뿐 아니라, 내가 삶을 대하는 방식에서도 필요한 핵심 요소라는 걸 알게 되었다.

인생도 누구나 초보 시절이 있다. 처음엔 어설픈 걸음으로 넘어지고, 다치며, 무너지는 순간들이 반복된다. 익숙하지 않은 상황에서 실수를 저지르고, 그 실수에 크게 좌절하기도 한다. 하지만 포기하지 않고 오뚝이처럼 다시 일어설 수만 있다면, 그다음 고비를 넘기는 일은 생각보다 훨씬 수월하다. 중요한 건 실수 자체가 아니라, 그 실수를 발판 삼아 한 걸음 더 나아가는 용기다. 그러니 실수를 두려워하지 말자.

　운전이 알려준 모든 경험은 나를 이루는 크고 작은 밑거름이 되었다. 운전을 포기하지 않은 덕에, 나는 기차표가 매진된 날에도 홀로 바다로 떠날 수 있는 중급 드라이버로 성장했다. 그렇게 초보를 지나 중급으로, 언젠간 고급, 마스터에 이르는 날이 올 거라 믿는다. '초보 운전 스티커'나 땀방지 커버처럼, 나를 지원해 줄 작은 도구들은 주변에 늘 존재하니까. 위기를 극복할 나만의 방법을 찾아 활용해 보자.

　운전 경력 3년 차를 맞이하여 '초보 운전 스티커'를 조심스레 떼어냈다. 아직 완전히 능숙하다고 말할 순 없지만, 도로 위에서 더 이상 움츠러들지 않고 당당히 주행하는 내 모습이 조금은 대견하게 느껴졌다. 룸미러에 비친 나를 보며, 속으로 조용히 속삭였다.

　　　　　　　'포기하지 않아서 고마워.
　　　　그 덕에 나만의 세계가 조금씩 더 넓어지고 있어.'

세상에 존재하는 다양한 동물, 식물, 사물 등이
우리처럼 생각하고 말하며,
'행복'이란 무엇인지 이야기하는 글입니다.

행복이란:
불확실성 속에서도 찾을 수 있는 마음의 여유

"밤의 황제가 나가신다, 길을 비켜라!"

늦은 밤, 세상이 고요히 잠들면 우리만의 축제가 펼쳐졌
다. 불빛 하나 없는 어둠 속에서도, 숲의 주인인 우리들은
존재만으로 빛을 내뿜었다. 그 빛은 어느 형광등이나 가로
등보다 주변을 환하게 밝혔고, 우리의 두 눈동자는 밤하늘
의 별처럼 세상을 밝게 비추었다. 우리만의 드넓은 터전에
서 누구의 방해도 받지 않았다. 마음껏 웃고 떠들며, 먹고

싶은 것, 하고 싶은 것 모두 망설임 없이 이루며 살아갔다.

　그동안 내 삶에서 불확실한 건 단 하나도 없었다. 밤의 황제로 임명받은 지도 어느덧 3년 차. 직업은 안정적이었고, 삶의 목표는 누구보다 분명했다. 해야 할 일은 늘 명확했기에, 계획대로 사는 게 익숙했다. 예상치 못한 변수가 삶의 한가운데에 등장하기 전까지는 말이다.

　우리 동네와 멀지 않은 한 도시의 네온사인들이 어느 날부터인가 우리 영역을 서서히 침범하기 시작했다. 자연과 조화를 이루며 살아가던 우리 삶과는 전혀 다른 방식으로, 그들은 우리의 터전을 들쑤셔 놓았다. 도시의 소음, 늘어나는 쓰레기, 무분별한 난개발은 우리의 분명하고 평화로웠던 일상을 완전히 망가뜨렸다.

　하지만 그들의 움직임을 달리 막을 방법이 없었다. 그저 이전과는 전혀 다른 형태로 변해가는 세상을 무기력하게 지켜볼 뿐이었다. 그 변화는 내게 무거운 짐으로 다가왔고, 마음 한구석에 자리 잡은 불안감은 좀처럼 가라앉지 않았다.

불안은 쉽게 전염된다. 불확실성은 두려움을 낳고, 두려움은 결국 무기력으로 이어진다. 그 결과, 많은 이들이 자의 반 타의 반으로 삶의 속도를 늦추거나 아예 생활하기를 멈췄다. 희망은 보이지 않았고, 그 빈자리는 체념이 자리했다.

어른들은 더 이상 일하려 하지 않았다. 나도 마찬가지였다. 우리는 집 안으로 숨어들어 하루 종일 잠으로 무의미하게 시간을 흘려보냈다. 마치 종말을 기다리기라도 하듯, 점점 생기를 잃어갔다. 피할 수 없는 상황이라 단정 지은 듯, 삶의 끈을 놓아버렸다.

하지만 모두가 낙담에 빠져 있었던 것은 아니었다. 작은 생명들은 불확실한 환경 속에서도 굳건히 살아가고 있었다. 사냥에 나서지 않는 어른들 때문에 아이들은 하루 종일 굶주림에 시달렸지만, 좌절 속에 머물지 않았다. 오히려 서로를 의지하며 새로운 길을 찾아 나섰다. 낯설고 두려운 상황에서도 절대 물러서는 법이 없었다.

물론 시작은 미약했다. 그러나 시간이 흐르면서 사냥 실력은 점점 늘었고, 그 과정에서 성취감과 기쁨까지 만끽할 수 있었다. 비가 쏟아지는 날에는 사냥이 어려워 낙심하던 어른들과 달리, 아이들은 그날을 '노는 날'로 정한 뒤, 다 같이 풀 파티를 열기도 했다.

아이들은 불안한 현실 속에서도 하루를 밝고 활기차게 만들어 내려고 애를 썼다. 그들의 희망찬 목소리를 통해 나는, 어떤 불확실함도 삶을 완전히 멈추게 할 수는 없다는 것을 깨닫게 되었다. 마치 드넓은 호수가 바깥의 폭풍우와 혼란에도 내부의 평화를 잃지 않는 것처럼. 아이들은 어른들보다 더 담담하게 하루를 살아내고 있었다.

어른으로서 부끄러웠다. 닥치지도 않은 미래를 두려워하며, 스스로 현재를 망치던 허송세월이 아까웠다. 실존하지 않는 불안을 품고 스스로를 옭아매는 대신, 그 순간 속에서 누릴 수 있는 나만의 여유를 찾는 것이 훨씬 더 중요하다는 것을 이제는 확실히 알았다. 불확실하다는 것은 오히려 그 안에 무수히 많은 가능성이 숨어있다는 뜻이기도 하니까.

불안을 붙들고 시간을 낭비하는 대신, 새로운 가능성을 모색하고 이를 확립하는 데 훨씬 더 많은 에너지를 쏟았다. 하지만 그렇다고 해서 우리 삶이 완전히 삭막해진 것은 아니었다. 나무에 실려 오는 바람 소리, 잔잔한 호수의 물소리, 새들의 청량한 노랫소리들이 여전히 우리의 일상에 여유를 선사했다. 지치고 힘든 순간에도 다시 일어설 수 있는 용기와 힘을 북돋아 주었다.

그동안 불확실한 미래에 대한 두려움에 사로잡혀 있었다. 그러나 삶이란 애초에 불확실성의 연속이라는 당연한 사실을 깨달은 이후, 마음이 한결 편해졌다. 불확실성을 피하기보단, 그 위에서 춤추는 법을 배우는 것이 더 현명했다. 언제 어디서 예상치 못한 공격이 닥쳐올지 모른다 해도, 오늘 하루 누릴 수 있는 행복을 더는 포기할 수 없다. 내일 지구가 멸망할지라도, 소중한 이들과 함께 나누는 지금 이 순간은 그 무엇보다 소중하니까!

앞이 보이지 않아 남들은 두려워하는 어둠 속에서, 날개를 활짝 펼쳐 당당히 세상을 누비는 내가 좋다. 불확실성 속에서 나만의 것을 잡고, 나만의 여유를 누리는 것. 딱 그 정도면 오늘 행복하기에 충분하다.

KF94? KF80? 그게 뭣이 중헌디!

코로나가 전 세계를 강타하면서 마스크 품귀 현상이 일어
났다. 코로나 이전에는 한 장에 오백 원 하던 마스크 가격
이 오천 원으로, 조금 더 지나자, 만원까지 급등했다. 공급
에 비해 수요가 너무 높아진 상황. 공장을 가지고 있는 사업
가들은 너도나도 마스크를 생산해 높은 가격에 판매했다.
돈 대신 마스크로 거래하는 가게들도 생겨났다. 마치 구석
기 시대의 물물교환 시절로 돌아간 듯한 모습이었다. 우리
나라는 이러한 마스크 대란을 해결하기 위해 '마스크 5부제'

를 도입했다. 출생 연도에 따라 요일별로 마스크 구매를 제한해 수급 조절을 시도했지만, 암암리에 이루어지는 뒷거래와 사재기 현상은 좀처럼 사라지지 않았다.

나도 이때 처음으로 마스크에 종류가 있다는 걸 알게 되었다. 그전까지는 마스크란 그냥 얼굴 가리는 천 조각쯤으로 여겼는데, 갑자기 'KF'라는 낯선 명칭이 일상에 등장한 것이다. 식품의약품안전처의 인증 표시라는 이 'KF' 뒤에 붙은 숫자는 미세입자 차단율을 나타내는 지표였다. 숫자가 높을수록 효과적으로 방어할 수 있기에, 이 시절 KF94 보건용 마스크는 그야말로 귀한 몸이 되어 에르메스나 샤넬보다 구하기 어려운 물건이 되었다. 누구는 KF80도 효능이 충분하다는 반면, 또 다른 이는 KF94만이 코로나를 완벽히 차단할 수 있다고 주장했다. 혼란스러운 형국 속, 코로나라는 미지의 병에 걸리고 싶지 않았던 사람들은 KF94를 찾아 주변 모든 약국을 샅샅이 뒤졌고, 마스크를 사기 위해 약국 오픈런까지 감행했다.

나 또한 무조건 KF94를 고집했다. 바이러스라는 게 눈에 보이지 않으니, 숫자에 의지해서라도 불안을 덜어야 했다.

최대한 외출도 자제했고, 외출할 일이 생길 때마다 의료용 라텍스 장갑을 착용했다. 가족들도 내가 만든 방역 규칙을 철저히 따라야 했다. 현관 앞에서 검문을 통과하지 못하면 집 안으로 들어갈 수 없었다. 손 세정제를 듬뿍 짜고, 온몸에 소독 스프레이를 뿌리는 의식을 치른 뒤에야 발을 들일 수 있었다. 모든 과정은 철저하게 시행되었고, 나는 방역 사각지대가 없도록 매일 꼼꼼히 점검했다.

그렇게 완벽에 가까운 방어 작업을 했음에도 불구하고, 나는 세 번이나 코로나에 걸렸다. 처음엔 믿기지 않았고, 두 번째는 억울했고, 세 번째는 그저 허탈했다. 세상엔 아무리 철저히 대비해도, 노력만으로는 통제할 수 없는 영역이 분명 존재했다. 그토록 신뢰했던 KF94도 결국 한계가 있었다.

반면, 언니는 숨쉬기 답답하다며 언제나 가벼운 KF80을 착용했다. 마스크 착용 의무가 해제되자마자 곧바로 마스크 없는 일상으로 복귀했음에도 단 한 번도 코로나에 걸리지 않았다. 솔직히 억울했다.

이 이야기를 들은 친구는 장난기 가득한 표정을 지으며 어김없이 내게 한마디를 던졌다. "거봐! 내 말이 맞지? 너도 이제 나처럼 더럽게 살도록 하렴! 면역력은 원래 더러운 데서 강해지는 거야!" 늘 독한 감기를 달고 사는 나를 보며 친구가 입버릇처럼 하던 말이었다. 그때마다 비웃으며 흘려듣곤 했는데, 더 이상 부정할 수 없었다. 결국, 나를 지켜줄 가장 강력한 무기는 그 어떤 방어 장비도 아닌, 나의 '기본 면역력'이었다.

작은 바이러스가 내 코끝을 스치기만 해도 감염될 수밖에 없던 유리 몸이었기에, 문제는 외부가 아닌, 내 안에 있었다. 내가 강해지지 않으면 네 번째 감염도 피할 수 없다는 걸 깨닫고 나서부터, 마스크를 쓰지 않아도 KF100만큼의 면역력을 갖춘 사람이 되고 싶어졌다.

이후 나는 하기 싫어 미루던 운동을 다시 시작했고, 건강한 식단으로 식탁을 채워 나갔다. 스트레스 또한 면역력을 약화시킨다고 해서, 자주 즐거운 일을 떠올리며 미소 짓는 연습도 했다. 기본 면역력을 올리기 위해서는 삶의 활기를 되찾는 것이 1순위였다.

그러고 보니, 마음이 괴로워 병원을 찾았을 때, 의사 선생님은 가장 먼저 운동을 시작하라고 조언하셨다. 마음이 아픈데 몸을 단련하는 게 무슨 소용일까? 그땐 이해할 수 없었다. 그래서 진료일에 가까워져서야 숙제하듯 겨우 동네 한 바퀴를 뛰는 시늉을 하곤 했다. 무기력한 마음을 이끌고 몸을 움직인다는 것은 생각만큼 쉽지 않았다. 도망치고 싶었지만, 그마저도 힘들어서 달리다 말고 벤치에 주저앉기 일쑤였다.

그런데 어느 날, 나는 작은 변화를 느끼기 시작했다. 처음엔 단순히 기초 체력이 쌓이면서 몸이 덜 피곤해졌다는 정도였다. 그런데 점차 주변을 둘러볼 여유가 생기며, 오랜 시간 익숙하다고만 여겼던 동네가 새롭게 다가왔다. 산책로 골목 모퉁이를 돌 때마다 동네 빵집에서 흘러나오는 갓 구워진 식빵 냄새는 내 발걸음을 멈추게 했고, 그 잠깐의 순간이 꿀 같은 휴식처럼 느껴졌다. 한 번도 가보지 않았던 작은 공원을 우연히 지나쳤을 땐, 은은히 퍼지는 꽃향기가 지친 마음을 정화 시켜 주었다. 그리고 귀여운 벽화가 그려진 담벼락 아래 그늘에서 유유히 누워 있는 동네 고양이들을 볼 때면, 마음이 편안해져 저절로 미소가 지어지기도 했다.

'우리 동네에 언제부터 이런 보물 같은 곳들이 있었나?' 싶을 정도로 어제는 보이지 않았던 장면들이 오늘은 발걸음마다 나를 감동시켰다. 익숙하다고 생각했던 곳에서 발견한 이 작고 소중한 순간들이 마치 내 삶에 숨겨진 보물 같았다.

　그렇게 억지로라도 신체를 움직여 체력을 키우다 보니, 몸뿐만 아니라 마음도 함께 단단해지는 기분이 들었다. 익숙해지지 않는 괴로움을 견디며 멈춰 있는 시간만 노려보던 못난 마음이 있던 자리엔, 어느새 꽃이 피고 지는 계절의 아름다움을 체감할 수 있는 평화로운 마음이 자리 잡았다. 부정적인 생각을 멀리하고, 스트레스를 줄이며, 규칙적인 운동으로 엔돌핀을 끌어 올리다 보면, 어느새 내 면역력도 KF100만큼이나 든든해져 있을지 모른다. 모두가 마음의 마스크를 벗어 던질 만큼 단단해지면 좋겠다.

덤벨 1kg의 기적

요즘 들어 사람들이 건강과 웰빙(Well-being)에 많은 관심을 기울이고 있다. SNS를 달군 바디프로필 열풍, 오운완(오늘 운동 완료) 인증샷, 맞춤형 홈트(홈트레이닝), 그리고 몸의 변화를 자랑하는 주변의 이야기까지. 이 모든 것이 건강한 라이프 스타일을 추구하는 운동 문화를 활발히 확산시켰다.

나는 개인적으로 운동을 좋아하지 않는다. 솔직히 말하면 싫어하는 편이다. 산책이나 자전거 정도는 좋아하지만, 헬스장에 가거나 구기 종목 스포츠는 관심도 없고 아예 젬병이다. 그래서 살면서 근육량이 표준이었던 적이 한 번도 없었다. 항상 '표준 이하' 중에서도 선두를 달렸다. 그럼에도 나는 운동을 하지 않았다.

운동을 싫어하는 이유는 많지만, 그중에서도 운동 후 찾아오는 근육통이 가장 견디기 힘들어서 그렇다. 운동을 좋아하는 사람들은 근육통이 좋은 신호라고 입을 모아 말한다. 근육 섬유가 손상되고 회복되는 과정에서 단백질과 합성해 더 강해지는 자연스러운 현상이라고. 하지만 근육통을 떠올리는 것만으로도 몸이 저릿하고 아픈 나에겐 그저 흠씬 두들겨 맞아 생긴 멍 자국 그 이상도 이하도 아니었다.

그러나 세월 앞에는 장사가 없듯이, 나 역시 나이를 먹어가며 고집이 꺾이게 되었다. 약간만 피곤해도 몸살에 시달리고, 하루 종일 피로와 사투하는 일상에 지쳐버렸다. 이제는 살기 위해서라도 운동을 시작해야만 했다. 처음이 중요하다는 생각에 큰맘 먹고 PT(퍼스널 트레이닝)에 등록했다. 어느 정도 예상은 했지만, 첫 수업에서 트레이너 선생님이 체크한 내 몸 상태는 충격적이었다. 근육량이 적다 못해 아예 없는 수준, 소위 말해 '0단계 레벨(아기 단계)'이었다.

 운동을 본격적으로 시작하기 전, 나는 기구를 이용해 멋지게 운동하는 내 모습을 상상했다. 그러나 선생님은 단호한 목소리로 아직은 그럴 단계가 아니라 말하며 내 손에 1kg짜리 아령을 쥐어주었다. 그건 어디서나 볼 수 있는 귀엽고 작은 핑크색 아령이었다. 고작 1kg 아령을 들고 맨몸 운동을 하라니. 넓은 헬스장에서 기구를 사용하지 않는 건 나 하나뿐이었다. 운동에 '운'자도 모르는 나조차 코웃음이 나왔다. '이게 무슨 운동이라고. 이거 하려고 비싼 회원권을 끊은 게 아닌데.' 속으로 투덜거리며, 보란 듯이 아령을 더 세게 흔들어 재꼈다.

 근데 이게 웬걸? 다음 날 아침, 온몸이 아파 침대에서 일어나지 못했다. 다리는 마치 지진이라도 난 듯 후들거렸고, 팔은 피멍이 든 것처럼 뻐근했다. 물론 멍은 없었지만, 고통이 그만큼 생생했다. 바닥에 떨어진 물건을 주우려 몸을 숙이는데, 근육들이 하나같이 반항했다. 겨우 물병 하나를 들기 위해 이 악무는 내 모습이 수치스러웠다. 고작 1kg짜리 덤벨로, 겨우 50분 수업했을 뿐인데, 의자에 앉는 것조차 힘들어하는 내가 어이없었다.

 그런데 자괴감이 드는 동시에 묘한 오기가 생겼다. 1kg짜리 덤벨이 마치 나를 향해 도전장을 내미는 것 같았다. 이왕시작한 거 제대로 해보자는 결심이 섰다. 그래서 수업이 없는 날에도 헬스장에 나가 배운 동작을 복습했다. 매일 근육이 파열되고 회복되는 과정을 반복하며, 몸은 조금씩 변화를 겪기 시작했다.

 그러던 어느 날, 무심코 허벅지를 만져보았다. 그런데 예전의 물렁 살은 온데간데없고, 돌덩이 같은 게 떡하니 자리잡고 있었다. 반복적인 운동 덕분에 내 몸 안에 작고 귀여운 '근육이'들이 조금씩 자라난 것이다. 그 순간, 기분이 너무 좋고, 뿌듯하기까지 했다. 만나는 사람마다 내 허벅지 좀만져보라고, 다리를 척척 내밀며 자랑하기에 바빴다. 물론그들이 보기에는 존재감이 완전 미미한 수준일지 모르지만, 그 덕분에 나는 잠이 부족해도 전보다 덜 피곤했고, 일상생활에 활력이 생겼다. 운동이 삶에 이렇게 중요한 역할을 한다는 걸 확실히 깨닫게 되었다.

그러나 예상치 못한 코로나 재감염으로 무려 한 달이나 운동을 쉬게 되었다. 운동하는 삶에 적응해 가고 있을 무렵, 잠시 다녀온 해외여행이 모든 흐름을 끊어버린 것이다. 금방 복귀하려 했지만, 이번 코로나는 생각보다 후유증이 심각했다. 건강을 회복한 뒤 다시 헬스장을 찾았을 때는 모든 게 원점으로 돌아간 기분을 느꼈다. 가장 익숙한 기구인 덤벨을 드는데, 너무 무거워 순간 몸이 휘청였다. 무게를 다시 확인해 봤지만, 분명 5kg짜리가 맞았다. 애써 키워놨던 '근육이'들이 이미 다른 주인을 찾아 떠난 지 오래여서 그랬다.

선물은 줬다가 뺏는 게 제일 나쁘다. 아예 근육이 없던 시절은 만들어가는 재미라도 있었다. 그런데 적지만 소중했던 내 근육들이 도망친 뒤로는 그들이 언제 돌아올지 알 수 없는 막막함과 허탈감만 남았다. 다시 0부터 시작할 엄두조차 나지 않았다. 선생님은 코로나 후유증 탓이라며 나를 격려하셨지만, 예전보다 운동이 더 하기 싫었다. 일상은 다시 피곤해졌다. 우울감도 조금씩 늘어났고, 움직이는 것조차 힘겨워졌다.

내가 운동을 좋아했다가 싫어하는 사이, 헬스장 이용권의

만료일은 빠르게 다가오고 있었다. 그 안에 PT 수업도 다 소진해야 했다. '그래, 하기 싫은 일도 하는 게 어른이지.' 어디서 주워들은 말로 스스로를 다독이며 억지로 헬스장으로 발걸음을 옮겼다. 약해진 체력 탓에 선생님도 무리한 운동을 권하지 않으셨다. 결국 나는 가장 기초 중의 기초인 1kg 덤벨 운동으로 되돌아갔다. 하기 싫은 마음도 꾹 참고, 오로지 끝(이용권 소진)을 향해 오기로 버텼다. 그런데 신기하게도 그렇게 반복하며 몸을 조금씩 움직이다 보니, 가출했던 '근육이'들이 하나둘씩 소심하게 돌아오고 있었다. 반가운 마음에 나는 대문 앞까지 맨발로 뛰어나가 그들을 꽉 끌어안고 절대 놔주지 않았다.

그렇게 반년이 흘렀다. 이용권을 갱신한 나는 여전히 운동을 좋아하지 않는다. 수업 시작마다 "운동은 대체 언제쯤 안 해도 돼요?"라는 질문으로 선생님을 당황케 하는 나쁜 제자다. 그러나 이 나쁜 제자도 포기하지 않고 1kg짜리 덤벨을 붙잡고 버틴 결과, 어느덧 근육량 '표준'을 찍은 운동 새내기가 되었다. 정말이지 내겐 기적 같은 일이다.

인생을 살다 보면, 누구나 위기에 무너지는 순간들을 마주한다. 자기 문제가 세상에서 가장 거대하고 무겁게 느껴지는 것은 당연하다. 그래서 시작하기도 전에 지쳐버리거나, 포기하고 싶어지는 것이다. 하지만, 그럴 때 한 번쯤 그 위기를 고작 1kg짜리 덤벨이라고 상상해 보자. '1kg짜리 문제라면, 이 정도는 내가 해결할 만한데?' 그렇게 생각하면 문제가 한결 쉬워 보이고, 조금은 더 가볍게 다가갈 수 있다. 거창한 계획보다는, 천천히 지금 당장 내가 할 수 있는 작은 일부터 시작해 보자. 그 하나하나가 모이면, 감당하지 못할 것 같던 무게도 들어 올릴 수 있는 '마음 근육'이 어느 날 선물처럼 찾아올 것이다.

고생 끝에 이룬 무언가가 한순간에 무너져 내린다면, 누구나 낙심하고 좌절하기 마련이다. 그런데 거기서 그냥 포기해 버리면 정말 끝이다. 설령 되돌아온 곳이 시작점일지라도, 다시 일어설 수만 있다면, 무엇이든 얼마든지 이뤄낼 수 있다. 운동을 싫어하던 내가 건강한 몸을 되찾기 위해 지겨운 1kg 덤벨 운동을 꾸준히 해나간 것처럼, 삶의 무너진 조각들도 사소한 것부터 차근차근 다시 쌓아 올리다 보면, 어느 날 나도 모르는 사이, 뜻밖의 선물이 집에 도착해 있을 것이다.

먹고 싶은 것을 먹을 자유

'의식주'는 인간 생활의 세 가지 기본 요소인 옷, 음식, 그리고 집을 의미한다. 이와 더불어 인간의 대표적인 3대 욕구로는 식욕, 수면욕, 성욕을 꼽을 수 있다. 이 두 가지 개념의 교집합에 해당하는 것이 바로 '식사'다. 다시 말해 음식은 우리 삶에 없어서는 안 될, 필수적이고 기쁨을 주는 특별한 존재라 할 수 있다.

맛있는 식사는 단순히 배를 채우는 행위를 넘어, 과학적으로도 인간 정서에 긍정적인 영향을 미친다. 스트레스를 받을 때 사람들은 본능적으로 탄수화물을 찾곤 하는데, 이는 타당한 이유가 있다. 탄수화물을 섭취하면 몸속에 트립토판이 증가하여, 아미노산이 뇌에서 행복 호르몬이라 불리는 세로토닌의 분비를 촉진 시킨다. 결과적으로 세로토닌 덕분에 기분이 좋아지고 마음이 한결 가벼워지는 것이다.

또한 독일에서 시행된 국제 공동연구를 따르면, 음식을 섭취할 때 우리 뇌는 총 두 번의 도파민을 방출시킨다고 한다. 첫 번째는 음식을 입안에 넣어 맛을 음미할 때, 두 번째는 음식이 위장에 도달해 포만감을 느낄 때이다. 이를 통해 맛있는 음식이 주는 기쁨은 단순한 생리적 만족을 넘어 심리적 안정과 행복을 선사한다는 점을 알 수 있다.

고된 업무 속에서 몸과 마음이 지친 직장인들에게 하루 중 가장 기다려지는 시간은 단연 점심시간이다. 물론 퇴근 시간을 손꼽아 기다리는 이들도 있겠지만, 먼저 찾아오는 점심시간의 설렘을 마다할 사람은 없다. 그러나 기대에 부푼 마음으로 먹고 싶은 메뉴를 고르는 행복한 직장인은 그리 많지 않은 현실이다. MZ세대가 자기 의견을 당당히 말한다고는 하지만, 여전히 한국의 직장 문화에서는 상사의 취향이 우선시되는 경우가 많다.

나 역시 눈치를 굉장히 많이 보는 성격이다. 어렸을 때부터 단체생활을 하며 자연스럽게 몸에 밴 습관이다. 돌이켜 보면 내가 진짜로 먹고 싶은 걸 선택했던 기억이 거의 없다. 언제나 주어진 식단에 따라, 누군가의 입맛에 맞춰 식사했다. 숙소에서는 단체 배식을 받았고, 학교에서는 급식을 먹었으며, 주말에는 친구들이 원하는 메뉴에 맞추었다. 불필요한 갈등을 만들고 싶지 않아 "난 뭐든 괜찮아."라는 말을 입버릇처럼 달고 살았다.

중학생 시절 지냈던 하숙집에서도 언제나 정해진 요리를 먹어야 했다. 그중 가장 자주 등장한 음식은 육개장이었다. 대량 조리가 가능하고 오래 보관할 수 있어, 한 달의 절반 이상을 육개장만 먹은 적도 있었다. 배가 고파도 육개장을 보면 식사를 거르고 싶을 만큼 고역이었다. 냄새만 맡아도 속이 뒤집히는 기분이었다. 성인이 된 지금, 나는 육개장을 싫어하는 것은 물론 입에도 대지 못하는 사람이 되고야 말았다.

"저도 같은 걸로 주세요."

무난한 사회생활을 이어가기 위해 습관처럼 내뱉던 말이었다. 그날도 분위기를 헤치지 않으려 마지못해 육개장 몇 숟가락을 뜨던 중, 속이 점점 거북해지기 시작했다. 남기면 눈치가 보일 것 같아 꾹 참고 넘기려 했지만, 결국 한 시간 만에 먹었던 음식을 전부 게워 내고 말았다. 화장실 거울 앞엔 토하느라 붉어진 눈가와 핏기 없이 창백한 얼굴을 한 내가 서 있었다. 왜 이토록 무리해서 남들에게 맞춰 살아야 하는지, 나 자신이 참 초라하게 느껴졌다.

'대체 나는 왜 이렇게까지 하는 거지?'
'굳이 먹지도 못하는 음식을 왜 참고 먹었을까?'
'이제는 그만 좀 하고 싶다.'

그날 이후로 나를 위해 조금씩 나를 표현하기로 마음먹었다. 물론 처음에는 소심한 성격 탓에 '이래도 괜찮을까?'하는 걱정과 '나만 너무 튀는 거 아냐?'하는 불안감도 있었다. 하지만 용기를 내어 한 번 두 번 시도해 보니, 의외의 사실을 알게 되었다. 사람들은 생각보다 다른 사람에게 관심이 없다는 것이다. 처음 몇 번은 "마일리 씨 혼자만 그거 먹게?"라는 따가운 말이 날라오기도 했지만, 'SO WHAT! 어쩌라고!

내가 먹고 싶다는데!'라는 당돌한 마음의 소리를 감추고, 옅은 미소를 띤 채 부드럽게 대답했다. 웃는 얼굴에는 누구도 침을 뱉지 못한다는 주문을 되뇌며 미소를 유지했다.

그렇게 한 번 용기를 내니, 더 이상 타인의 선택에 끌려다니지 않고 내가 진짜로 먹고 싶은 것을 선택하며 살게 되었다. 너무 소박하다고? 아니다. 내게는 엄청난 변화였다. 그 덕분에 내 삶이 조금 더 행복해졌으니 말이다. 먹고 싶은 음식을 먹는 기쁨은 생각보다 정말 컸다.

특히 '혼밥'에서는 그 기쁨이 더욱 빛났다. 함께 식사할 때는 아무리 내가 먹고 싶은 음식을 선택한다고 해도, 상대방의 취향을 고려하지 않을 수 없었다. 하지만 혼밥은 달랐다. 오롯이 나의 취향에 집중할 수 있는 나만의 시간.

그렇다고 처음부터 혼밥이 편했던 건 아니었다. 맨 처음 혼밥에 도전했을 때는 여러 쓸데없는 걱정들로 마음이 복잡했다. '옆 테이블에서 나를 이상하게 보면 어쩌지?', '사장님이 혼자 왔다고 내쫓지는 않을까?', '혼밥하는 내가 너무 처량해 보여.'와 같은 상상의 나래를 펼치며 주저하기도 했다. 그러나 막상 용기를 내어 시작해 보니, 그 모든 걱정은 그저 내 머릿속에서 만들어 낸 기우에 불과했다. 아무도 나를 신경 쓰지 않았고, 세상은 여전히 평온했다.

덕분에 이제는 식사를 대충 때우지 않는다. 매 끼니 내가 진짜로 먹고 싶은 것을 찾았다. 심지어 한 시간 넘는 거리를 운전하더라도, 가고 싶은 맛집은 웨이팅까지 감수하며 방문했다. 최근에 다녀온 일본 혼여(혼자 여행)도 그 연장선에 있었다. 여행의 테마는 다름 아닌 '식도락'이었다. 내가 좋아하는 음식과 맛을 찾아 떠난 여행은, 그동안 다녀왔던 어떤 여행보다도 행복한 순간들로 가득했다.

맛있는 식사는 이렇게 인간의 삶을 한층 더 활기차게 만들어준다. 지친 몸에는 영양을 채워 에너지를 공급하고, 정신적으로는 세로토닌과 도파민의 분비를 촉진해 스트레스를 완화한다. 좋은 식사는 단순한 끼니를 넘어, 우리 몸과 마음에 작은 치유를 선사하는 힘을 지닌다. 따뜻한 국물 한 순갈, 갓 지은 밥의 포근한 향, 입안에서 퍼지는 풍부한 맛. 그 모든 순간이 삶에 생기를 불어넣는다. 먹는 즐거움이란, 그야말로 대단한 것이다.

더 이상 타인에게 휘둘리지 말고, 스스로의 선택으로 즐거움을 맛보자. 맛있는 음식을 먹는 즐거움이야말로 가장 쉽고 확실한 행복이다. 오늘 하루 스스로에게 작지만 소중한 선물을 해보는 건 어떨까? 먹고 싶었던 음식을 맛보고, 오롯이 나 자신만을 위한 시간을 보내며, 그 행복감을 마음속에 담아보자. 이런 소소하지만, 확실한 행복이 내 삶을 더욱 풍요롭게 만들어줄 테니까.

───────────────────────── 세상에 존재하는 다양한 동물, 식물, 사물 등이
우리처럼 생각하고 말하며,
'행복'이란 무엇인지 이야기하는 글입니다.

행복이란:

잘 먹고, 잘 싸고, 잘 자는 것

따사로운 햇살이 창문 틈으로 스며든다. 눈꺼풀을 간질인 덕에 나는 느릿하게 몸을 뒤척이며 잠에서 깨어난다. 창밖에 들려오는 차들의 경적 소리가 귓가에 맴돈다. 집 앞 4차선 도로 덕분에 알람 시계가 따로 필요 없다. 이제 슬슬 일어날 시간이다. 몸을 길게 늘이고 기지개를 켜본다. 어젯밤 격하게 클라이밍 운동을 해서 생긴 근육통이 조금씩 풀어지는 느낌이다.

오늘도 나보다 먼저 일어난 인간 룸메이트의 샤워 소리가 집안에 요란하게 울려 퍼진다. 내 룸메는 빵 공장에 다니는 서른 살 미혼 여자. 성격이 차분해서 룸메이트로 선택했다. 인테리어나 음식 취향도 비슷해 불필요한 다툼이 없어서 특히 더 좋았다. 다만, 가끔 서로 예민한 날에는 아주 전쟁 같은 싸움이 벌어지기도 했지만, 그나마 덜 예민한 쪽이 눈치껏 피해 다니기만 하면 다행히 상황은 금방 진정되곤 했다.

탁! 불 끄는 스위치 소리와 함께 샤워를 마친 룸메가 화장실에서 나온다. 얼굴에는 상쾌함이 가득하고, 손에는 젖은 수건이 들려있다. 그녀가 나를 보며 다정하게 묻는다. "일어났어?" 순간 어제 일이 떠오른다. 자기 택배를 내가 먼저 몰래 뜯어봤다고 불같이 화낼 때는 언제고. 이렇게 내 마음을 눈 녹이듯이 녹여버린다. 나 원 참, 뒤끝을 부리래야 부릴 수가 없다. '그래 오늘만 봐주지.'

젖은 머리를 말리는 룸메 옆에서 나도 열심히 마른 세수를 한다. 오른손으로 얼굴을 강하게 문지른다. 딱히 트러블이 난 건 아닌데, 이렇게 얼굴을 닦다 보면, 점점 깨끗하고 예뻐지는 기분이 들어 좋다. 머리카락을 빗어서 반짝반짝 윤

이 나게 하면, 또 그렇게 뿌듯할 수가 없다. 아무래도 나는 꾸미는 걸 좋아하는 거 같다.

재택근무 하는 나와 달리, 룸메는 집 근처 빵 공장으로 매일 오전 8시에 출근해 저녁 6시면 돌아온다. 하루 한 끼라도 함께 식사할 수 있는 것이 참 기쁘다. 룸메가 출근하는 모습을 보기 위해 창가로 점프해서 오른다. 오늘도 늦을까 봐 헐레벌떡 뛰어가는 모습이 어쩐지 어제 본 코미디 영화 속 주인공 같아 귀엽기만 하다. 그 모습을 바라보며 혼자 피식 웃어본다.

룸메가 시야에서 사라지니 이제야 바깥 풍경이 눈에 들어온다. 집 밖 세상은 언제나 흥미롭다. 새들은 하늘을 가로지르며 날아다니고, 가을이라 노랗게 물든 단풍잎들은 가을의 깊이를 더한다. 그런데 이상하게도 굳이 나가고 싶은 생각이 들진 않는다. 창문에 걸터앉아 이렇게 바라보는 것만으로도 나는 충분히 만족한다. 하고 싶은 마음이 들면 언젠가 하겠지. 난 뭐든 마음만 먹으면 할 수 있으니까.

건조해진 가을 공기 때문인지 목이 바싹 말라온다. 물 한 잔 마시기 위해 다이닝 룸으로 향한다. 시원한 물을 한 사발

들이켜고 나니, 속이 한결 시원하다. 아! 신호가 왔다. 모닝 똥 시간이다. 내 장 알람은 누구보다 정확하다. 활발한 대장 덕을 톡톡히 보며 살아왔기에, 변비라는 고통을 평생 몰랐다. 반면, 내 룸메는 늘 변비를 달고 산다. 가끔 큰맘 먹고 화장실에 다녀올 때마다 결과는 참혹하다. 그 냄새가 또 어찌나 고약한지, 도저히 인간 몸에서 나온 것이라 믿기 힘들 지경이다.

한껏 속을 비워내고 나니 배가 고파진다. 하지만 요즘 들어 살이 찐 것 같아 하루 두 끼를 실천하려 한다. 그래서 아침은 건너뛰고, 대신 다른 업무를 보려고 한다. 내 직업은 요즘 각광받는 유망 직업 중 하나인데, 이름하여 '홈 프로텍터'. 주요 업무는 집안의 위험 요소를 제거하며 안전하고 쾌적한 환경을 조성하는 것이다. 오늘은 벌레를 끔찍이 싫어하는 룸메를 위해 구석구석 벌레를 퇴치하고, 숨겨진 먼지를 찾아내며 청소한다. 나는 내 일이 즐겁고, 재밌고, 뿌듯하다. 깨끗해진 집안을 보면 나도 모르게 어깨가 으쓱 올라간다. 몰입해서 업무를 처리하다 보니, 어느새 시간이 훌쩍 지나 점심시간이다.

점심때가 되니 허기가 점점 심해진다. 룸메가 나를 위해 새로 구입한 영양 밀키트를 꺼내 먹는다. '음, 오늘도 맛있군.' 뭐든지 새것은 늘 설레고 좋다. 정성껏 준비한 한 끼를 즐기는 브런치 시간은 온전히 나만을 위한 여유로운 힐링 타임이다. 누가 방해할 일도 없고, 내 페이스대로 천천히 음미할 수 있으니 말이다.

식사가 끝나면 자연스레 낮잠의 유혹에 이끌려 소파로 향한다. 담요를 베개 삼아 몸을 기댄다. 스르르 눈이 감기자, 어느새 꿈속 세상이 펼쳐진다. 그곳에서 나는 물고기가 되어 맑고 푸르른 바다를 자유롭게 헤엄치고 있다. 물살을 가르는 느낌이 생생하고, 가슴까지 시원하다. 이런 꿈을 꾸게 된 건 아마도 룸메가 집에 들인 금붕어를 한참 동안 바라본 탓이 아닐까 싶다. 내가 물고기라니, 터무니없는 상상이지만, 그게 바로 꿈의 매력 아닌가? 뭐든 될 수 있고, 어디든 갈 수 있으니까. 낮잠을 자며 꿈나라에 가지 않은 건, 낮잠에 대한 실례이자 모욕이다. 잠꼬대는 나의 취미 생활이다.

잠에서 깨어나니 어느새 해가 저물어 창밖은 어둑어둑하다. 마침, 룸메도 퇴근하고 제시간에 집으로 들어온다. 그녀의 손에는 직장에서 가져온 신제품 빵이 들려있다. 룸메가 내게 빵을 건네며 "한 번 먹어 봐!"라고 말한다. 빵을 한 입 베어 무는데, 부드럽고 달콤한 맛이 입안 가득 퍼지며, 순식간에 사르르 녹아내렸다. 이번 제품은 대박 날 확률이 100%란 직감이 든다. 맛있게 먹는 내 모습을 뿌듯한 얼굴로 지켜보는 룸메를 보니, 나도 괜히 기분이 몽글몽글 좋아진다. 집을 잘 지켰다면서 나를 꼭 안아주는 룸메가 가끔은 귀찮기도 하지만, 오늘은 그냥 놔둔다. 땀 냄새가 많이 나는 게, 밖에서 고생을 꽤나 하고 온 것 같다. 수고했다는 말 대신 손을 들어 그녀의 머리를 쓰다듬어준다.

함께라서 더 행복한 저녁 시간, 오늘의 메뉴는 각자 가장 좋아하는 음식으로 준비했다. 룸메는 김치볶음밥, 나는 참치비빔밥. 냄비에서 지글지글 은은하게 퍼지는 고소한 향기가 저녁 식사를 알린다. 밥은 역시 같이 먹어야 제맛이다. "잘 먹겠습니다!"라는 짧은 외침과 동시에 빠르게 각자의 음식을 맛있게 해치운다.

식사 후엔 집안의 또 다른 하이라이트가 시작된다. 야경을 바라보며 LP로 음악을 듣는 시간. 나는 잔잔한 클래식을 좋아하고, 룸메는 에너지 넘치는 록 밴드 음악을 즐긴다. 번갈아 가며 음악을 듣는 게 우리만의 암묵적인 룰인데, 룸메가 가끔 이를 어기고 자기가 좋아하는 록 음악만 틀려고 한다. 그럴 때면 나는 인상을 찌푸리며 하악-! 하고 신경질 낸다. 그러면 룸메가 마지못해 클래식을 틀어준다. 역시 하고 싶은 말은 하고 살아야 한다. 참으면 병 된다. 클래식 선율이 집 안을 가득 채울 때, 비로소 나의 마음도 평온함을 되찾는다.

  오늘도 이렇게 하루가 저물어 간다.
  누군가에게는 그저 단조롭고 평범한 하루로 보일지도 모르겠지만,
  나에겐 소소한 행복들로 가득 채워진 특별한 날이었다.
  매일 새롭게 펼쳐지는 작은 기쁨들이 하루를 채우고,
  그 순간들이 모여 내 인생의 파노라마를 그려가고 있다.

  내일은 또 어떤 서프라이즈가 나를 기다리고 있을까?
  설렘과 기대 속에서 오늘을 마무리한다.

  오늘도 언제나처럼 아주 잘 먹었고, 잘 쌌고, 잘 잤다!
  근심 걱정 하나 없는, 그야말로 아주 행복한 하루였다. 냥. 🐾

배송 중

매일 도착하는 나만의 '행복'

보장된 행복

어렸을 때부터 나는 언니와 참 많이 싸웠다. 남녀 사이에 궁합도 보지 않는다는 4살 터울인데, 티격태격할 일이 그리도 많았는지, 사소한 일로 하루가 멀다 하고 다투는 일이 잦았다. 지금 생각해 보면 싸운 이유가 하도 시답잖아서 도무지 기억조차 나지 않지만, 당시에는 남들이 "둘이 원수냐?"라고 물을 정도로 심각해 보였던 것 같다.

그런데 신기하게도, 할머니께서 생감자 튀김과 김치 돼지고기볶음을 만들어 식탁에 올리시기만 하면, 우리 둘은 언제 싸웠냐는 듯 생글생글 웃으며 음식을 나눠 먹었고, 금세 평화가 찾아왔다. 갓 튀겨낸 감자튀김의 고소한 냄새와 돼지고기의 부드럽고 깊은 풍미는 마치 마법처럼 우리의 화를 사르르 녹여냈다. 싸웠던 일을 단번에 잊게 할 만큼, 그 요리에는 우리 입맛을 완벽히 저격하는 '보장된 맛'이 담겨있었다. 음식을 먹으며 우리는 자연스럽게 평소처럼 좋아하는 만화나 가수 이야기를 주고받았고, 싸웠던 일은 희미해지며 어느새 얼굴에는 미소가 번졌다. 할머니의 시그니처 요리는 단순히 배를 채우는 것을 넘어, 우리 사이에 있던 냉기를 녹여내는 묘한 힘이 있었다.

 이 묘한 힘을 느낄 수 있었던 건, 할머니의 요리만이 아니었다. 고된 하루를 보낸 날엔 난 어김없이 습관처럼 예능 프로그램을 틀곤 했다. 그들의 실없는 유머와 과장된 리액션에 나도 모르게 웃음이 터졌고, 그 두 시간 동안은 평소 고민하던 문제나 힘들었던 하루를 완전히 잊어버릴 수 있었다. 내게 예능 프로그램은 괴로움에서 가장 빠르게 탈출할 수 있는 일종의 '비상구'였다. 심하게 괴로운 날에는 응급처방이라도 하듯이 잠들기 전까지 예능을 백색 소음처럼 틀어

놓기도 했다. 그들의 농담과 웃음소리는 마치 머릿속을 어지럽히던 복잡한 생각들을 멈춰주는 스위치 같았다.

때로는 예능 프로그램만으로 충분히 위로받을 수 없는 순간도 찾아왔다. 그럴 땐 다른 진통제를 바꿔가며 복용했다. 귀찮게 밥을 차려 먹는 대신, 먹고 싶은 음식을 배달시켜 먹었고, 재밌게 봤던 영화나 추억의 만화를 주구장창 돌려 보며 힐링했다. 밖에 있을 때는 찜해둔 카페로 달려가 달달한 음료와 케이크를 마음껏 시키는 작은 사치도 누렸다. 이런 순간들이 거창하진 않아도, 내 일상을 충분히 버틸 수 있게 해주는 나만의 소중한 '보장된 위로법'이었다.

그러나 잦은 진통제 복용으로 몸에 내성이 생기듯, 내가 가진 모든 방법을 동원해 봐도, 괴로움이 나아지지 않는 순간도 있었다. 그럴 땐 마지막까지 숨겨둔 비장의 치트키를 꺼내 들었다. 그건 바로, 바다로 떠나는 것.

가슴이 답답해서 미쳐버릴 것 같은데, 그걸 누구와도 말하고 싶지 않을 때마다 나는 혼자 훌쩍 바다로 떠났다. 열차에 몸을 싣고 동해 바다 앞에 가서 몇 시간씩 하염없이 바다를 바라보고 있으면, 어느새 마음이 누그러지고, 얽히고 설켰던 생각들이 파도 소리와 함께 정돈되기 시작했다. 바다의 고요함과 그와 대비되는 힘찬 파도 소리는 마치 나를 위로하는 대자연의 선율 같았다. 끝없이 펼쳐지는 수평선을 바라볼 때 느껴지는 해방감은 어떤 진통제보다도 위대한 나만의 특별한 치유법이다. 바다만큼은 언제나 내 행복을 보장해 준다.

그러고 보니 '보장'이라는 단어는 주로 어떤 일을 해결하거나 보호하기 위해 쓰이는 경우가 많다. 1년 동안 무상 수리를 보장한다는 전자기기의 안내 사항, 모든 요구 조항을 무조건으로 보장한다는 계약서, 구입 후 30일 이내에는 교환이나 환불을 보장한다는 쇼핑 광고까지. 이처럼 '보장'이라는 조건이 붙어있으면, 우리는 그 약속을 신뢰하게 되고, 실행에 옮길 수 있는 용기를 얻게 된다.

그렇다면 '보장된 행복'이란 무엇일까?

그것은, 아득함 속에서도 나를 안심시키고, 믿고 의지할 수 있는 '행복의 조건'이다. 언제 찾아와도, 혹은 언제 꺼내

써도, 나를 위로하고 다시금 기운을 북돋아 주는 확실한 행복의 조각들. 나는 내 삶에 숨어있던 크고 작은 행복의 순간들을 하나씩 떠올려 본다.

오래전에 종영했지만, 몇 번을 정주행해도 질리지 않는 예능 프로그램, 집 앞 카페의 달콤한 초콜릿무스 케이크, 처음으로 혼자 떠난 바다 여행까지. 이 모든 것들이 위기 때마다 가장 가까이에서 나를 지탱해 주고, 다시 일어서게 해준 고마운 것들이었다.

누구에게나 자신만의 보장된 행복은 존재한다. 아직 찾지 못했다면, 지금부터 발견해 가는 기쁨의 여정을 시작하면 된다. 우울함이 나를 좀먹을 것 같을 때마다, 나만의 보장된 루틴을 통해 대차게 싸워 이겨보자. 보장된 행복은 말 그대로 내 행복을 보장해 주니, 얼마나 믿음직한가.

행복과 불행은 종이 한 장 차이

　10시간의 강도 높은 아르바이트를 마치고 집으로 돌아가는 버스에 올라탔다. 빈자리는 없었지만, 다행히 버스가 붐비지는 않았다. 하지만 이미 몸과 마음이 지칠 대로 지친 상태였기에, 빈자리가 너무나 간절했다. 그러던 중, 1년에 한 번 있을까 말까 한 작은 행운이 찾아왔다. 내가 버스에 오른지 얼마 지나지 않아, 바로 앞자리에 앉아 있던 승객이 내리는 것이 아닌가. 그 단순하고 사소한 우연의 일치가 내 마음에 무지개를 피워냈다.

물론 자리에 앉는다고 해서 종아리 알이 풀리거나, 뭉친 승모근이 마법처럼 사라지는 일은 없었다. 하지만 그 짧은 순간에 얻은 여유가 지친 나를 조금이나마 위로해 주었다. 눈만 질끈 감고 아무 생각 없이 버텨야 할 것 같았던 공간이, 잠시나마 마음을 내려놓을 수 있는 작은 휴게실로 변한 듯했다. 나는 문득 '오늘 저녁은 뭘 맛있게 먹을까?'와 같은 사소한 생각을 떠올렸다. 그렇게 찾아온 작은 여유가 피곤함에 짓눌린 나를 조용히 다독이며, 하루를 마무리할 충분한 힘을 선사해 주었다.

그러다 문득 옆자리 승객의 모습이 눈에 들어왔다. 50대 후반쯤으로 보이는 아주머니는 밤 8시에 귀가하는 승객답지 않게 밝은 표정을 짓고 있었다. 그녀의 손에는 큼지막한 쇼핑백이 들려있었는데, 쇼핑백엔 '경품'이라는 스티커가 반짝이고 있었다. 아주머니는 생각지도 못한 행운이 아주 기쁜 듯, 쇼핑백을 요리조리 돌려 가며 무엇이 들어 있는지 한참을 들여다보았다. 그러고는 이내 콧노래를 흥얼거리기 시작했다. 내게는 낯선 멜로디였지만, 그녀의 흥겨운 기분만큼은 고스란히 전해졌다.

그때, 아주머니의 휴대폰 벨소리가 요란하게 울리기 시작했다. 흥미롭게도, 조금 전 그녀가 흥얼거리던 콧노래와 같은 멜로디였다. 그러나 아주머니는 휴대폰 액정에 뜬 '남편'이라는 글자를 확인하는 순간부터 표정이 조금씩 굳어갔다. 시끄러운 벨 소리 때문에 주변 승객들의 눈총을 받은 아주머니는 마지못해 전화를 받았다. "여보세요." 그 순간, 콧노래를 흥얼거리던 명랑하고 밝았던 모습은 온데간데없이, 버스 안에는 심각하고 무뚝뚝한 그녀만 남아 있었다. 얼굴에는 서서히 먹구름이 드리웠고, 통화하는 내내 목소리도 점점 더 날카롭고 차갑게 변해갔다.

"고모님이 아직까지 안 가셨다고?"
"근데 밥도 안 먹고 지금까지 도대체 뭘 한 거야?"
"지금 나보고 장을 봐서 오라고?"

아주머니는 밤새워 야근하고도 퇴근길에 추가 업무까지 받은 인턴사원처럼 지쳐 보였다. 통화는 "가! 간다고!!"라는 외침으로 끝났지만, 그녀는 이미 종료된 화면을 신경질적으로 계속 눌러댔다. "지겨워. 지겨워 죽겠어." 그녀의 중얼거림에는 허탈한 감정이 여실히 묻어났다. 유리창에 기대어 축 늘어진 모습에서는 깊은 피로와 체념이 고스란히 전해졌다. 아주머니보다 일찍 하차한 나는 신호등에 걸려 멈춰 있던 버스 창장 너머로 그녀가 눈물을 훔치는 모습을 보았다. 그 속사정이나 사연을 다 알지 못하지만, 슬픔과 허망함이 동시에 드러나는 아주머니의 얼굴이 꽤 오랜 시간이 지난 지금까지도 문득 떠오르곤 한다.

왜 꼭 잔칫날에 초대받지 않은 불청객이 찾아오는 것처럼, 불행은 늘 행복 곁을 따라다닐까? 아무리 빛과 그림자는 떼려야 뗄 수 없는 사이라지만, 그림자도 때로는 눈치를 좀 챙겼으면 좋겠다. 잠깐이나마 누릴 수 있는 행복감을 단 한시도 가만히 두지 않는 불행의 끈질긴 추격이 그럴 땐 참 야속하기만 하다.

나 또한 비슷한 상황을 여러 번 경험했다. 기대하던 택배가 도착해 한껏 들떴지만, 막상 열어보니 물건이 파손된 채 배송되어 짜증이 확 치밀어 올랐던 적. 어렵게 구한 좋아하는 가수의 콘서트 표로 한 달 내내 설렘에 부풀어 있었지만, 정작 콘서트 당일, 내 앞자리에 앉은 사람의 키가 너무 커서 시야를 가리는 바람에 큰 실망을 했던 적도 있다. 또, 친구와의 즐거운 여행을 마치고 돌아오는 길, 뜻하지 않은 말실수 하나로 분위기가 어색해져 그 여운마저 고역으로 변한 기억도 있다.

사실, 이런 경험은 누구나 한 번쯤 겪는 아주 흔한 일이다. 기쁨이 곧바로 실망으로, 즐거움이 허탈함으로 바뀌는 순간들은 우리 삶 곳곳에 숨어있다. 마치 행복과 불행이 서로의 꼬리를 물며 쉼 없이 이어지는 것처럼 말이다. 그래서 때로는 행복을 도둑맞은 기분이 든다. 분명 조금 전까지만 해도 웃고 있었는데, 갑작스러운 불순한 개입 하나 때문에 마치 벼랑 끝으로 떨어진 듯한 느낌을 받는다. 그 순간 언제 행복했냐는 듯 화가 치밀어 오르고, 세상이 끝난 것 같은 고통에 휩싸여 한순간에 와르르 무너져 내린다.

그렇게 예상치 못한 순간에 들이닥친 사건들에 의해 우리는 감정을 지배당한다. 특히, 부정적으로 지배받은 감정은 우리의 생각을 왜곡시키고, 무겁게 짓누르며, 심지어 오장육부까지 망가뜨려 건강을 해치기까지 한다. 나도 모르는 사이 차곡차곡 쌓인 뒤틀린 감정은 무너지는 도미노처럼 우리 삶 전체에 영향을 주고, 결국은 우리의 행복마저 저 멀리 밀어내 버린다.

아주머니가 경품 덕분에 콧노래가 절로 나오는 행복 100% 의 상태였음에도, 전화 한 통으로 눈물까지 흘리게 된 것 처럼, 행복이 불행으로 바뀌는 건 정말 한순간이다. 행복 100% 상태에 들어온 단 1%의 불행은 단순히 행복을 99%로 줄이는 것에 그치지 않는다. 불순물 같은 불행은 그 순간 마음의 주체를 행복에서 불행으로 완전히 뒤바꾸며, 감정의 판도를 단숨에 전환시킨다. 그 작은 균열이 순식간에 우리 의 내면을 흔들어 놓고, 방금 전까지 온전히 누리던 행복의 순간마저 흔적 없이 허물어뜨린다. 사람의 마음이 이렇게 극단적으로 업앤다운을 오가는 이유는, 아마도 우리 삶에 서 행복이 차지하는 비중이 그만큼 크고, 그 행복을 지키려 는 열망이 강렬하기 때문인지도 모른다. 하지만 여기서 한 가지 잊지 말아야 할 건, 나도 10분 전까지만 해도 노동에 찌든 알바생에 불과했지만, 빈자리 하나 덕분에 퇴근 후 맛 있는 걸 먹을 생각에 행복한 피글렛이 되었다는 사실이다.

행복감이 한순간에 사라질 수 있는 것처럼, 불행도 생각보 다 오래가지 않는다는 것을 깨달았다. 순간의 불행 때문에 잠시 무너질 때도 있었지만, 결국 또 다른 행복이 나를 찾아와 위로해 주고 내일을 살아갈 힘을 주었다. 감정을 컨트롤하는 것은 결코 쉬운 일이 아니다. 그래도 상처, 분노, 절망, 우울과 같은 기분이 몰려올 때, 그것을 단지 잠깐 왔다 가는 일시적인 불청객이라고 여겨보는 건 어떨까?

'이 또한 지나가리라.'
'별거 아니네.'
'전부 한순간이야.'

마치 주문처럼 이런 말들을 읊조리다 보면, 마음의 무게가 조금은 가벼워지는 것을 느낄 수 있다. 무심히 스쳐 지나가는 불청객에게 너무 많은 에너지를 쏟을 필요는 없는 것 같다. 바람처럼 금방 훅 지나갈 테니까.

행복은 삶을 살아가면서 자연스럽게 생기는 일련의 현상과 같다. 어제는 정말 죽을 것 같았고, 오늘은 걸을 힘조차 없다고 해서, 내일이 반드시 암울한 건 아니다. 오히려 그런 전혀 예상치 못한 순간에, 생각지도 못한 방식으로 나만의 행복이 찾아온다. 지금까지 본 적도 없는 모양과 형태로, 뜻밖의 상황과 반전으로 모습을 드러낼 것이다.

　나 역시 여전히 순간의 감정에 휘둘리며, 행복과 불행 사이를 넘나들며 살아간다. 그러나 이제는 행복이 불행으로 바뀌는 게 한순간인 것처럼, 불행이 행복으로 바뀌는 것도 한순간이라는 사실을 잘 알고 있다.

　불행이 지나간 자리에 새로운 행복이 스며들기를.
　떠나간 불청객을 붙잡지 않고
　기다렸던 반가운 손님을 기쁘게 맞이하기를.
　내일의 나는 오늘의 나보다
　좀 더 가벼운 마음으로 살아가기를.

자신을 믿는 재능

　몇 년 전, 나는 처음으로 번지점프에 도전하기 위해 친구와 함께 가평에 방문했다. 우리를 포함해 7명 정도 되는 사람들이 대기 중이었는데, 모두 번지점프는 처음이라고 했다. 기념일을 맞아 특별한 추억을 만들기 위해 온 사람도 있었고, 자녀를 따라왔다가 얼떨결에 도전하게 된 사람도 있었다. 모두 긴장한 기색이었지만, 그중 단연 탑은 나였다. 놀이기구조차 무서워하는 내가, 무려 번지점프에 도전하게 될 줄은 정말 꿈에도 생각지 못했다.

그런데도 이곳에 서 있는 이유는, TV 프로그램에서 번지 점프를 통해 자기 한계를 뛰어넘는 출연자들의 모습을 보며 느낀 작은 동경 때문이었다. '나도 한 번쯤은 내 한계를 넘어설 수 있지 않을까?' 그런 작은 기대와 호기심이 나를 이곳까지 이끌었다. 무서움과 설렘이 교차하며 심장은 쉴 새 없이 뛰었다.

점프대 위에 올라선 순간, 세상이 멈춘 듯한 기분이 들었다. 바람 소리, 교관의 카운트다운, 멀리서 들려오는 음악 소리까지 모두 일시 정지된 것처럼 들리지 않았다. 그 공간을 가득 채운 건 오직 쉴 새 없이 요동치는 내 심장 박동 소리뿐이었다. 공포감이 밀려와 당장이라도 포기하고 싶은 마음이 간절했다. 그 와중에 높은 곳에서 내려다본 자연의 풍경은 나를 완전히 압도해 버렸다. 끝없이 펼쳐진 하늘과 눈부시게 빛나는 호수는 잠시나마 두려움을 잊게 할 정도였다. 하지만 그 아름다움에 취하는 것도 잠시일 뿐, 호수에 뛰어내려야 하는 현실로 돌아온 순간, 공포감이 거대한 파도처럼 나를 다시 덮쳐왔다.

'여기까지 왜 왔지?'

'진짜로 뛰어야 하나?'

포기하고 싶은 마음이 굴뚝같던 순간, 마음속 깊이 숨어있던 작은 목소리가 나를 향해 외쳤다.

'이대로 포기하면 평생 후회할걸?'
'이번 한 번만 진짜 너를 믿어 보면 어때?'

물론 몸은 필사적으로 저항했다. 다리는 사시나무처럼 흔들렸고, 온몸은 이미 식은땀으로 축축했다. 귀가 먹먹해져 교관의 "쓰리, 투, 원, 점프! 점프!" 소리도 제대로 들리지 않았다. 그럼에도 나는 또 한 번 나를 향해 외쳤다.

'할 수 있어. 한 번쯤은 나를 믿어 보자!'

그 말을 주문처럼 되뇌며 천천히 점프대 끝으로 다가섰다. 여전히 두려웠지만, 발끝이 허공에 닿는 순간 나는 무서움을 붙잡기보다 나 자신에 대한 믿음을 택했다. 그 짧은 찰나에 믿는다는 게 어떤 건지, 몸소 깨달은 것 같다.
몸이 공중에 떠오르고 바람을 가로질러 호수 아래로 수직

하강하는 순간, 나를 붙잡고 있던 모든 족쇄가 한 번에 풀어지는 자유로움을 만끽했다. '해방감'이라는 표현이 딱 맞는 것 같다. 몸이 다시 튕겨 올라가며 반동을 맞이할 때는 '내가 결국 해냈구나'라는 쾌감이 온몸을 감쌌다.

스스로를 믿지 못하고 두려움에 갇혀 있던 내가, 한계를 넘어섰다는 사실이 믿기지 않았다. 그 순간 깨달았다. 마음만 먹으면 나는 뭐든지 할 수 있는 사람이라는 것을. 자신을 의심하는 대신, 믿고 도전하면, 두려움도 한계도 모두 뛰어넘을 수 있다는 것을.

그날 번지점프를 통해 깨달은 나에 대한 믿음은, 우연히 TV 채널을 돌리다가 마주한 전여빈 배우의 수상소감과 묘하게 맞닿아 있었다. 그녀는 자신이 출연한 영화 〈거미집〉의 대사를 인용하며 이렇게 말했다.

"너 자신을 믿을 수 있는 게 재능이야."

그녀는 스스로의 재능을 믿지 못해 고민하는 사람들에게 따뜻한 응원을 전하고 싶다고 했다. 다른 사람을 믿어줄 수 있는 딱 그만큼만이라도 자신을 믿고 나아가 보자고 말한 그녀의 수상소감은 단순한 응원을 넘어, 많은 이들의 내면에 강렬한 울림을 선사했다. 그리고 나 역시 그 울림을 고스란히 느꼈다.

'나는 나 자신을 얼마나 믿고 있을까?'

다른 사람에게는 쉽게 믿음을 주고, 진심 어린 응원의 말을 건넬 수 있지만, 정작 자기 자신에게는 그 믿음을 갖기 어려운 경우가 많다. 어쩌면 스스로를 제일 의심하고, 가장 가혹하게 대하는 사람은 바로 나일지도 모른다.

내가 번지점프에 도전했던 것도 같은 의미였다. 평소 나는 늘 스스로를 의심했고, 당연히 못 해낼 사람으로 여겼다. 누군가가 새로운 일에 도전한다고 하면, 너무 멋지게 잘 해낼 것 같다고 응원했지만, 정작 내게는 '뭐라고? 네가?'라는 시니컬한 태도를 고수하며 시작조차 두려워하곤 했다. 타인이 실수할 때면, "신경 쓰지 마, 다들 금방 잊어."라고 위로했지만, 막상 내가 같은 상황에 부딪히면 마치 세상이 끝난 것처럼 낙담하며 자책했다. 증명사진이 마음에 안 든다는 친구에게는 "네가 말한 건 잘 보이지도 않아. 그냥 너무 예쁜데?"

라고 진심 어린 칭찬을 건네면서도, 내 사진을 보면 어김없이 못난 구석만 눈에 들어와 흠집 내기 바빴다. 일이 잘 안 풀리는 직장 동료에게는 천천히 해도 괜찮다며 따뜻하게 다독였지만, 나에게는 가혹하게 채찍질만을 해대며 단 한 번의 당근을 허락하지 않았다.

 자신을 믿는다는 건, 말로 내뱉기는 쉬워도 마음으로 실천하기 어려운 일이다. 남을 응원하는 것은 단순히 '응원'이라는 '행위'에서 끝나지만, **자신을 응원하는 것은 스스로 무언가를 '증명'해내야 한다는 '의무감'과 '책임감'이 뒤따르기 때문이다.** 만약 그 목표를 이루지 못하면, 실패감과 좌절감에 사로잡히기 쉽다. 그래서 우리는 종종 스스로에게 인색해진다.

 그러나 번지점프가 무서워 포기하려고 했던 것도 나였고, 그 무서움을 다독이며 결국 뛰어내린 것도 나였다. **어제의 실수를 한 것도 나지만, 그 부족함을 메우기 위해 노력한 것도 나다.** 평생 나와 함께할 사람도, 나를 돌볼 수 있는 사람도 결국은 나 자신뿐이다. 나를 이루는 상반된 모습들 모두, 전부 나다. **그래서 이제는 나를 조금 더 믿어주기로 했다.**

조금 더 사랑하고, 용서하며, 스스로를 응원하기로. 그렇게 시작된 믿음이 언젠가는 생각보다 더 큰 변화를 가져다줄 것이라는 확신이 생겼기 때문이다. 앞으로는 나의 '부족함'과 '못남'보다는, '잘함'과 '해냄'에 더 많은 비중을 두는 연습을 해보려 한다. "너 자신을 믿을 수 있는 게 재능이야."라는 말 덕분에 어제보다 더 나은 내가 될 것만 같은 기분 좋은 예감이 든다.

행복이란:

상처를 치유할 때 피어나는 새로운 희망

여름은 전환점이다.

1년이라는 경주의 반환점에서,

얼마나 멀리 달려왔는지,

지난해보다 조금이라도 나아졌는지.

스스로를 돌아보게 만드는 계절.

뿌듯함이 땀방울로 스며드는 이에게

여름은 더위가 아닌 축복이다.

시원한 산들바람이 등을 밀어주고,

햇살은 따스한 위로로 어깨를 감싸주니까.

그러나, 땀과 눈물이 뒤섞인 나에게 여름은

그 어느 계절보다 잔인했다.

겨울은 끝과 시작이라는 설렘에 취해

좌절을 살짝 덮어두지만,

여름은 모든 것을 여과 없이 드러냈다.

타들어 가는 태양 아래

벌거숭이 민낯만이 적나라하게 드러났다.

내게 남은 건 아무것도 없다고,

부서진 마음과 깊은 상처가

아무리 발버둥 쳐도

더는 나아질 수 없다고,

나는 그렇게 믿었다.

그런데, 아니었다.

뜨거운 태양 아래 피어오르는 새까만 꽃송이들이

나를 위로하는 여름의 수확이었다.

하찮게만 보였던 흔적들이

지난날 나의 노력이었음을 증명하며

조용히 나를 위로했다.

무너져 내린 자리마다 씨앗이 움트고,

상처가 아물 때마다

난생처음 보는 꽃들이 피어나기 시작했다.

그 여름날의 땀과 눈물은

결국 내게로 와 꽃이 되었다.

감정의 안내서

누구에게나 인생 영화가 있다. 내게는 애니메이션 영화 〈인사이드 아웃〉이 바로 그 작품이다. 주인공 소녀 라일리의 머릿속에서 다섯 감정(기쁨, 슬픔, 화남, 소심, 까칠)이 그녀의 행복을 위해 고군분투하는 이야기로, 영화는 내게 단순한 재미를 넘어 깊은 깨달음까지 안겨주었다. 감정을 입체적인 캐릭터로 형상화한 것도 놀라웠지만, 그 캐릭터들의 행동과 대사를 통해 나조차도 이해하지 못했던 내 감정의 단면들을 비로소 이해할 수 있었다.

영화 속에서 가장 먼저 태어난 감정은 '기쁨'이었다. 기쁨은 모든 순간을 긍정적으로 채우려는 열정이 가득했고, 삶에 행복을 불어넣는 역할을 맡았다. 이후 다른 감정들도 하나둘씩 태어나면서, 라일리는 여러 감정을 느끼는 주체적인 인물로 성장해 갔다.

영화 속 '기쁨'이와 마찬가지로, 나도 한때는 기쁨만이 좋은 감정이라고 믿었던 시절이 있었다. 기쁨 없는 삶은 불완전하다고 생각했고, 그 외의 감정들을 방해물처럼 여겼다. 특히, 슬픔은 내 삶에서 배제해야만 하는 나쁜 감정인 줄 알고 살았다. 슬픔을 드러내는 건 약해 보이고, 쓸데없는 시간 낭비라고 생각했다. 하지만 쌓아둘수록 곪는 것이 슬픔이라는 감정이었다. 제때 쏟아내지 못한 슬픔은 끝내 더 큰 절망으로 변모해 갔다.

할아버지께서 돌아가셨을 때, 초등학생이었던 나는 '죽음'을 제대로 이해하지 못했다. 물론 할아버지를 다시 볼 수 없다는 막연한 슬픔은 있었지만, 어른들은 혹시라도 자신들의 비통함이 어린아이들에게 전염이라도 될까 봐, 장례식장에 오래 머물지 못하게 했다. 집으로 돌아온 나는 만화책과 장난감 같은 슬픔을 대체할 만한 것들을 받았다. 그때 나는 나도 모르는 사이, 내게 주어진 것들에만 집중하며 슬픔을 밀어내고 있었다. 이후 할아버지와 추억이 담긴 사진이나 물건을 발견할 때마다, 그 당시 제대로 슬퍼하지 못했던 감정들이 배가 되어 되돌아왔다. 끝까지 함께하지 못했다는 죄책감과 상실감은 그렇게 내 마음에 오래도록 남아 있었다.

우울증을 앓았을 때도 마찬가지였다. 주위 사람들에게 슬픔을 알리고 도움을 요청했더라면, 아마 더 빨리 괜찮아졌을 수도 있었을 텐데. 나는 나의 약한 모습을 드러내고 싶지 않았다. 누군가가 나를 동정하는 눈빛으로 바라보는 것도 두려웠고, 스스로 무너진 존재라고 인정하기도 싫었다. 그래서 감정을 숨기고, 내 마음을 감추는 데만 집중했다. 정작 내 안의 상처는 더 깊게 곪아 가는 줄도 모르고 말이다.

슬픔은 억누르고 부정한다고 해서 사라지는 감정이 아니었다. 오히려 더 큰 고통이 되어 나를 잠식시켰다. 슬픔을 인정하고, 충분히 슬퍼하는 것이야말로 회복의 첫걸음이라는 것을 어렴풋이 깨달아 가고 있다. 나의 상태를 받아들이고 솔직하게 드러내는 것 또한 더 이상 부끄러운 일이 아니라는 걸 배웠다. 슬픔은 충분히 표현하고 흘려보내야만 비로소 나와 작별하는 감정이었다.

 영화 속 라일리 역시 무조건적인 '기쁨'보다는, 위로를 줄 수 있는 '슬픔'이 필요했다. 부모님을 걱정하느라 자신의 감정을 애써 외면하던 라일리에게 펑펑 울며 억눌린 감정을 쏟아내고 슬픔을 비워내는 시간이 필요했다. 영화는 우리에게 감정을 억누르지 않고 전부 표현하는 것이야말로 행복으로 나아가는 지름길임을 이야기한다. 슬픔은 단순히 불필요한 감정이 아니라, 마음의 균형을 찾도록 도와주는 중요한 역할을 한다고.

 영화를 볼 때마다 나는 마치 오래전에 쓴 일기를 들춰보듯, 기억과 감정을 거슬러 올라가는 추억 여행을 즐긴다. 내 안의 '슬픔'이 단지 나를 괴롭히는 감정이 아니라, 필요한 순간에 나를 치유하는 고마운 존재라는 사실을. 또 '소심함'은 나를 주저앉게 하는 것이 아니라, 때로는 나를 보호해 주는 방패라는 것을. '화'는 나를 삼키는 불길이 아니라 나를 지키기 위해 타오르는 에너지며, 먹고 싶은 것을 자유롭게 먹을 때의 '기쁨'은 단순한 즐거움을 넘어 나를 위로하는 행복의 조각이라고. 심지어 결벽증이라 불리던 나의 '까칠함'조차도, 사실은 나를 소중히 여기려는 또 다른 마음의 표현이었다. 〈인사이드 아웃〉은 단순히 감정을 묘사한 애니메이션을 넘어, 나를 더 깊게 이해하고 내면을 들여다보게 한 '감정의 안내서'였다.

감정 하나하나를 느낄 수 있다는 것이 얼마나 소중한지, 그리고 그것들이 결국 나라는 사람을 어떻게 완성해 가는지, 영화를 통해 깊이 느낄 수 있어서 여전히 N차 관람을 진행중이다. 얼마 전, 1편의 흥행에 힘입어 9년 만에 2편이 개봉했다. 2편도 1편 못지않은 감동과 메시지를 선사했지만, 내 마음속 최애는 여전히 1편이다. 아직 영화를 보지 못했다면, 책을 덮고 영화부터 먼저 보기를 강력히 추천한다. 다가오는 휴일, 나도 다시 한번 영화를 볼 계획이다. 이번에는 어떤 감정의 단면을 새롭게 느끼게 될지 벌써부터 설렌다.

어느 낚시꾼 이야기

　2014년 서울 시청 앞에서 열린 '제1회 멍때리기 대회'는 당시 많은 사람들에게 신선한 충격을 안겨주었다. 참가 조건은 단순했다. 멍때리기에 자신 있는 신체 건강한 사람이라면 누구나 가능했다. 겉보기엔 웃음이 나올법한 이 대회는, 사실 멍때림을 시간 낭비로만 여기던 다수에게 '가치 있는 시간'임을 증명해 보이고자 기획된 행사였다. 시도 때도 없이 울리는 휴대폰 알림, 끝없이 밀려드는 업무 속에서 '쉼'이라는 가치를 상기시켜 준 계기가 된 셈이다. 이 대회를 통해 불멍, 숲멍, 바다멍 등 다양한 형태의 멍때리기가 유행하기 시작했고, 나아가 '멍때리기'를 취미로 삼는 사람들의 모임도 활발히 운영되었다.

내게도 의외의 취미 하나가 있다. 바로 낚시다. 서울에서 태어나 줄곧 도시에서만 살아온 내가 어떻게 이런 취미를 갖게 되었는지 생각해 보면, 신기할 따름이다. 물론 자주 즐길 수 있는 취미는 아니지만, 낚시할 시간만 생기면 절대 그 기회를 놓치지 않는다.

처음 낚싯대를 잡은 건 몇 년 전 가족과 함께 간 제주 여행에서였다. 예약한 요트 패키지에 낚시 체험이 포함되어 있었는데, 처음엔 그다지 흥미가 없었다. 그런데 낚싯대를 바다에 던지는 단순한 행위가 내게 생각지도 못한 즐거움을 안겨주었다. 다른 여행객과 가족들은 짧은 기다림조차 지루해하며 낚싯대를 내려놓았지만, 나는 끝까지 포기하지 않았다. 일렁이는 파도에 몸을 맡긴 그 순간이 어찌나 설레던지. 전생이 있다면, 아무래도 난 바다를 떠돌던 뱃사람이었을지도 모르겠다.

낚시 체험은 생각보다 금방 끝이 났다. 짧게 느꼈던 즐거움만큼, 아쉬움은 더 크게 남았다. 특히 챔질(낚싯대를 살짝 들어 올리는) 타이밍을 놓친 것이 가장 아쉬워, 낚시를 제대로 배워보고 싶다는 생각이 들었다. 낚시에 관심이 없는 가족들을 먼저 숙소로 보낸 뒤, 나는 홀로 낚시 원데이 클래스에 참여했다.

수업은 낚싯대를 조립하는 기초 단계부터 시작되었다. 자세한 이론 수업이 끝난 후, 곧바로 실전에 들어갔다. 낚싯대를 단단히 잡고 천천히 낚싯줄을 풀어 바다에 던졌다. 끝없이 물속으로 들어가는 낚싯줄을 바라보며, 적당한 깊이에 도달했을 때 배운 대로 릴을 두 번 돌려 낚싯줄을 조였다. 처음에는 입질 신호를 몇 번이나 놓쳤다. 아마 초보 낚시꾼이라는 소문이 바닷속까지 퍼졌던 것 같다.

그리고 마침내, 손끝에 전달되는 미세한 진동을 느끼기 시작했다. 마치 누군가 몰래 신호를 보내는 듯한 작은 떨림이었다. 재빨리 챔질하며 낚싯대를 위로 세게 잡아당겼다. 아름답고 신기한 생명체를 처음 마주한 순간의 감격은 절대 잊을 수 없는 기억으로 자리 잡았다.

그런데 문제는, 인간인지라 금세 욕심이 들어찼다. 한정된 시간 안에 더 많은 걸 얻고 싶어 조급해졌고, 그 순간부터 여유는 사라졌다. 여유를 즐기기 위해 택했던 낚시의 목적이 변질된 것이다. 마음이 급해질수록 동작은 서툴러졌고, 집중력도 흐트러졌다. 결국 그날은 그 이상의 결과를 만들어 내지 못했다.

쉬는 시간, 풀이 죽은 내게 낚시 강사님은 자신의 이야기를 들려주었다. 이십 대 중반 서울 중심의 큰 회사에 취직한 그는 평범한 직장 생활을 이어 나가며 남들이 보기에 안정된 삶을 살았다. 처음 1년은 그런대로 좋았는데 이후로는 삶이 너무 팍팍해졌다고 말했다. 취직만 하면 삶에 여유가 생길 줄 알았는데, 매일 야근과 업무에 시달리며 전보다 더 치열하게 살게 되었다고. 그러느라 정작 자신의 마음을 돌볼 시간이 전혀 없었다고 말했다. 결국 입사 5년 만에 그는 과감히 사직서를 내고 고향인 제주로 돌아왔다. 특별한 계획이 있어서라기보다는, 어린 시절 아버지와 낚시를 즐기던 추억이 문득 떠올랐기 때문이었다. 그 시절 그는 해가 뜨고 저물 때까지 하루 종일 낚시만 했다. 과묵하셨던 아버지와 유일하게 대화한 시간이 낚시터였던지라, 더 좋았다고 설명했다. 낚싯대를 들고 있으면, 낚시에 대해, 물고기에 대해, 그리고 인생에 대해 가르쳐 주시던 아버지의 목소리가 여전히 생생하게 들린다고. 지금 생각해 보면, 무언가를 낚지 못한 날에 오히려 아버지와 더 많은 대화를 할 수 있어서 좋았다고 말했다. 그 나름의 재미가 충분히 있었다고. 물론 당시에는 알지 못했다고 하셨다. 그저 허탕쳤다는 생각에 씩씩거리기만 하셨다고.

나 역시 마찬가지로, 내가 가장 좋아하는 바다를 멍하니 바라볼 수 있는 여유가 주어졌지만, 마음껏 누리지 못했다. 목표를 빨리 이루고 싶다는 조급함이 순간의 여유를 즐기지 못하게 만든 것이다.

몇 달 후, 나는 무언가에 이끌리듯 제주를 다시 찾았다. 그리고 바다 물결이 가장 고요한 시간, 낚시 장비를 챙겨 숙소를 나섰다. 낚시는 단순히 무언가를 낚는 행위가 아니라, 바쁜 일상을 잠시 멈추고, 고요 속에서 자신의 내면을 들여다보는 특별한 쉼터였다.

요즘 들어 낚시야말로 '멍때리기'의 화룡점정을 찍는 최고의 스포츠라는 생각이 든다. 바쁘고 복잡한 일상 속에서 '멍때리기'조차 사치가 되어버린 세상에, 낚시라는 명목 아래 잠깐이나마 멈춤을 실천할 수 있으니 말이다.

삶과 낚시는 닮은 구석이 많은 것 같다. 언제, 어디서, 무엇이 튀어나올지 모르는 낚시처럼, 삶도 예고 없이 기쁨과 슬픔을 우리에게 안겨준다. 기대했던 순간에 아무 일도 일어나지 않기도 하고, 예상치 못한 순간에 뜻밖의 행운이 찾아오기도 한다. 낚시를 하면서 내가 배운 것은 조급해하지 않는 법이다. **바다의 흐름을 억지로 바꿀 수 없듯, 삶의 흐름도 내 뜻대로 되지 않는 순간이 많다. 중요한 것은, 그 흐름에 몸을 맡겨 여유를 즐기는 것.** 그러다 보면 어느 순간, 알맞은 시기와 타이밍에 무언가를 낚는 순간이 찾아온다. 아무것도 잡지 못했다고 해서 헛된 시간이 아니다. 물결이 잔잔히 흔들리는 소리에 마음을 정리했고, 지는 석양이 건네는 위로 속에서 스스로를 돌아볼 수 있었다.

원하는 것을 손에 넣는 순간만이 아니라, 그 과정을 받아들이고, 기다림을 즐길 줄 아는 삶. 결과가 바로 나오지 않더라도, 흘러가는 시간 속에서 나만의 의미를 발견하는 삶. 나는 이런 마음가짐으로 살아가고 싶다.

글을 쓰다 보니 문득 낚시가 그리워졌다. 서울 근교 낚시
터를 검색해 보며, 어느새 낚싯대를 챙기고 있다. 너무 오
랜만이라 잘하지는 못하겠지만, 마음만큼은 한결 가벼워질
것 같다.

나만의 낭만을 지키며

이십 대 초반의 나는 종종 "넌 왜 이렇게 낭만이 없어."라는 말을 듣곤 했다. 'N포 세대'의 선두 주자인 나에게 낭만은 사치에 불과했다. 현실의 무게 앞에서 낭만은 마치 비효율적인 존재처럼 느껴졌다. 그래서 이력서 한 줄을 채울 대외 활동이나 생활비를 벌기 위한 아르바이트가 아닌, 순전히 나를 위한 즐거움을 쳐다볼 여유 따윈 없었다. 내게 '낭만'을 논한다는 것은 곧 인생의 '낭비'를 논하는 것과 다를 바 없었다.

당시의 나를 한마디로 표현하자면, '이성과 효율만 추구하는 사람'이었다. 식사할 땐 예쁜 그릇보다 설거지를 줄일 수 있는 냄비가 더 좋았고, 동창회나 친목 도모 같은 모임은 필수가 아닌 이상 참석하지 않았다. 휴일에도 알차게 쉬고 싶어 빼곡히 계획을 세우며 하루를 철저히 관리했다. 꼭 해야 하는 일만 했고, '굳이?'라는 말을 입에 달고 살았다.

나는 낭만이 인생에 실질적인 도움이 되지 않는다고 믿었다. 그렇게 사는 내가 꽤 합리적이고 멋지다고 여겼다. 하지만 낭만을 즐기는 친구의 눈에는 내 삶이 너무 퍽퍽해 보였나 보다. 퍽퍽해도 물만 잘 챙겨 먹으면 괜찮을 줄 알았다. 그런데 어느 순간부터 마음이 점점 잿빛으로 변해가는 것을 막을 수 없게 되었다. 효율로만 채워진 삶에는 여백도, 색깔도, 숨 쉴 틈도 없었기 때문이다.

그러던 어느 날 친구가 보내준 인스타그램 게시물 하나가 내 눈길을 끌었다. 큼지막하게 적힌 '굳이 데이'라는 단어. '굳이 데이'란, 낭만을 위해 굳이 번거롭고 귀찮은 일을 하는 날이란다. 가령, 새벽에 일어나 일출 보러 가기, 비 오는 날 일부러 비 맞기, 예쁜 접시로 근사한 아침 식사하기, 목적지

미상의 버스를 타고 종점까지 가보기와 같은 일들 말이다. '굳이 데이'를 실천한 청년들에 의하면, 번거롭고 귀찮기는 했지만, 색다른 자신의 모습에 신선함을 느꼈고, 일상의 소소한 행복을 찾았다고 말했다. '굳이 데이' 창시자(?)로 추측되는 가수 조승연 님은 낭만을 찾으려면 귀찮음은 감수해야 한다고 말했다. 나는 "굳이?"라는 말을 달고 살면서도, 이런 날이 있다는 걸 그때 처음 알았다.

후기를 읽으며 문득 생각했다. '이런 걸 해보면, 잿빛으로 변해가던 내 마음도 조금은 밝아질 수 있을까?' 낭만이라는 단어는 그동안 나와는 거리가 먼 영역이었다. 효율과 실용이 내 삶의 전부라고 생각했던 내가, 새로운 시도를 해볼 용기가 날까 싶었지만, 마음 한구석에 호기심이 생겼다. 여태껏 외면했던 '낭만'이란 것을 나도 조금은 느껴보고 싶었다.

'뭘 하면 좋을까?' 한참을 고민하다가, 후기 중에서 본 '모르는 버스를 타고 종점까지 가보기'를 실천해 보기로 했다. 물론 효율을 완전히 포기할 수 없었던 나는 조건 하나를 걸었다.

'굳이 데이'에게 허락한 나의 시간은 단 3시간!

무언가 큰 기대를 안고 시작한 건 아니었다. 그래서 3시간 안에 어떤 변화도 일어나지 않으면, 원래의 나로 되돌아가 겠다는 다짐과 함께 작은 모험을 시작했다.

효율적인 시간 분배를 위해 지하철을 탈 때도 늘 환승 구간 과 가까운 칸에 탑승했던 내가, 이번에는 환승은커녕 도착 지도 전혀 모른 채, 처음 보는 번호의 버스에 올라탔다. 정 말 있을 수 없는 일이었다. 심지어 아무 계획도 없이 출발했 으니 말이다. 평소라면 절대 해보지 않을 만한 일을, 그야말 로 '굳이' 해본 것이다. 보통은 휴대폰을 확인하며 못다 처 리한 일을 하거나, 목적지로 향하는 최단 루트를 찾아보며 시간을 보냈겠지만, 이번만큼은 '굳이' 휴대폰을 가방에 압 수시킨 채 출발했다.

아주 오랜만에 효율과는 거리가 먼 시간을 보냈다. 도착 시간도, 집으로 돌아가는 길도 알 수 없는 여행. 두려움 반, 설렘 반의 감정이 나를 휘감았다. 손에 휴대폰도 없으니 자 연스럽게 내 시선은 주변으로 향했다. 평소라면 지도 어플을 켜 목적지까지 빠르게 도달하는 데만 집중했을 텐데, 이렇게 가만히 앉아 사람들을 관찰한 건 태어나 처음이었다. 나와 같은 버스에 탑승해 각자의 목적지를 향해 가는 낯선 사람들. 빈자리가 있음에도 서서 가는 사람, 조용히 책을 읽는 사람, 한시도 휴대폰에서 눈을 떼지 않는 사람, 친구와 신나게 떠드는 사람, 연인과 함께 기대어 잠든 사람, 헤드폰으로 노래를 들으며 창밖을 구경하는 사람, 손님이 탈 때마다 지치지도 않고 매번 밝게 인사를 건네는 기사님까지. 그들의 일상 속 작은 행동 하나하나가 마치 넝쿨을 타고 넘어와 내 담장 안으로 스며드는 이야기처럼 느껴졌다. 평소 같으면 무심히 지나쳤을 순간들이, 낯선 여행에 특별한 색깔을 물들였다.

종점에서 내리자, 북한산 일대가 눈앞에 펼쳐졌다. 같은 서울 하늘 아래인데, 이곳의 공기는 어찌나 맑던지, 왜 사람들이 일부러 시간을 내어 등산하는지 알 것만 같았다. 산 입구로 이어지는 길에는 등산 장비를 풀세트로 갖춘 어르신들이 경쾌하게 걸어가고 있었다. 피리 부는 사나이를 따라가듯, 나도 그분들 뒤를 따랐다. 은퇴 후 매일 산을 찾는다는 분, 등산을 10년째 반복하면서 암을 이겨냈다는 분, 등산 모임 회장을 맡고 있다는 분까지. 저마다의 사연과 등산에 얽힌 이야기를 통해 어르신들의 열정을 엿볼 수 있어서 재밌었다. 저질 체력으로 입구 근처까지밖에 못 갔지만, '피식' 웃음이 나올 만한 경험이었다. '내가 이런 일도 다 해보네?' 하는 정체를 알 수 없는 이상한 뿌듯함까지 느껴졌다.

시간이 흐르니 배가 고파져, 맛집 냄새 솔솔 풍기는 민물매운탕집으로 발길을 옮겼다. 아무리 혼밥 레벨이 높은 나라도, 등산로 근처 매운탕 식당은 묘하게 긴장되는 곳이었다. 그런데 매운탕 국물을 한술 떠먹는 순간, 그 긴장은 순식간에 사라졌다. 강원도 산골 3대 맛집에서나 맛볼 법한 깊고 진한 국물이 속을 뜨끈하게 데워주었다. 자연스레 술 생각이 나서 소주 한 병을 시켰다. 아는 사람 하나 없고, 심지어 동네 이름조차 낯선 이곳에서, 나는 현지인처럼 유유자적 매운탕과 소주를 즐기고 있었다. '아, 이런 게 낭만이구나!'라는 생각이 문득 스쳤다. 익숙하지 않은 공간에서 발견하는 새로운 나. 처음에는 고작 3시간만 투자하겠다는 조건으로 시작했던 나의 첫 낭만 일탈은 어느새 8시간을 훌쩍 넘긴 뒤에야 끝이 났다. '쓸데없는 짓이 아닐까?'라는 생각이 무색할 정도로 하루가 즐거웠다.

그동안 나는 '의미 있는 일'만 하고 살아야 한다고 생각했다. 그런데 꼭 쓸모 있는 일만 해야 하는 건 아니었다. 잠시라도 즐거웠다면, 마음의 짐을 잠깐이나마 내려놓을 수 있었다면, 그것만으로도 '충분한 의미'가 있다는 것을, 그날 알게 되었다.

밸런타인데이, 화이트데이와 같은 각종 '데이'들은 내게 자본주의 상술에 불과했다. 서프라이즈보단 상대에게 필요한 실용적인 선물만이 가치 있다고 믿었다. 그런데 그날 이후, 작은 낭만을 챙기는 사람이 되고 싶어졌다.

작은 것에도 행복을 느낄 줄 아는 사람.
내 감정을 있는 그대로 표현할 줄 아는 사람.
나의 진지함을 감추지 않는 사람.
때로는 철없어 보일 만큼 순수한 사람.
그래서 삶이 즐거운 사람.

돌아보니 내 모든 순간에도 낭만이 있었다.
비록 조금 손해를 보더라도,
낭만을 즐기는 건 퍽 괜찮은 일이다.

그래서 낭만과 조금 더 동행해 보려고 한다.

내 삶을 조금 더 빛나게 하는 작은 불빛 같은 낭만을

'굳이' 챙기는 내가 되고 싶다.

행복이란:

Seize the moment! (순간 포착!)

　

고된 하루였다. 최고 사양이라는 내 자부심마저 무너질 만
큼 혹독한 날이었다. 메모리는 과열되어 경고음을 내기 직
전이었고, 에너지는 1%씩 바닥을 향해 고갈되고 있었다.
끊임없이 울려대는 업무 지시 알림은 날카롭게 내 정신을
몰아붙였고, 여기저기서 날아드는 납부 고지 문자들은 나
를 점점 구석으로 몰아넣었다. 주인의 손끝에서 이리저리
휘둘리며 정신없이 작동하는 동안, 내 몸은 점점 더 무거워
져만 갔다.

결국 한계가 찾아왔다. 배터리는 완전히 방전되었고, 새 배터리 교체를 위해 잠시 멈춰야만 했다. 서비스 센터에서 수리받고 나오는 길, 비로소 짧은 숨을 돌릴 수 있었다. 하지만 내 안에는 여전히 고된 노동의 흔적이 곳곳에 남아 있었다. 과거의 상처와 과부하로 부풀어 올랐던 낡은 부품들이 뒤엉켜 마치 내 힘듦을 되새김질하는 것 같았다.

그런 나와 달리 다른 녀석들은 알록달록하고 다채로운 색상의 케이스로 멋을 내며 새로운 일상을 맞이했다. 내겐 반짝이는 디자인과 화려한 색상이 불필요하다고 여겨졌지만, 가끔은 각자의 개성을 자랑하며 다니는 저들의 모습이 부럽기도 했다. 하지만 나만의 특별함을 찾기엔 너무 단조롭고 지친 삶이었다. 그래서 늘 맨몸으로 세상과 마주했다. 스크래치가 고스란히 드러나는 나의 모습은 어딘가 초라해 보이기까지 했다. 아무래도 내 몸은 주인을 잘못 만난 것 같다.

오늘도 어제처럼 똑같은 하루가 펼쳐질 줄 알았다. 집에 돌아가 배터리를 충전하며, 쳇바퀴처럼 끝없이 반복되는 삶을 맞이할 거라고. 그런데 갑자기 낯선 손길이 나를 감싸왔다. 처음 보는 사람이었다. 전 주인은 수리를 마치자마자 냉정하게 나를 중고로 처분한 것이다. 오래전부터 기기 변경 타이밍을 노리던 그에게 나의 방전은 더없이 좋은 핑계였다. 지금껏 내가 얼마나 열심히 일해왔는데, 망가져 버렸다고 단번에 버리다니. 너무 괘씸했지만, 막강한 힘 앞에서 무력한 내가 할 수 있는 거라고는 아무것도 없었다.

새 주인은 꽃무늬 원피스를 입은 활달하고 유난히 목소리가 큰 사람이었다. 그녀는 하루 종일 나를 얼굴에 붙이고 쉴 새 없이 조잘거렸다. 전화, 전화, 또 전화. 나는 숨돌릴 틈도 없이 그녀의 목소리를 실시간으로 중계하느라 배터리를 모두 소진했다. 전 주인의 혹독한 업무 대신, 이제는 끝없는 수다가 나의 에너지를 갉아먹었다. 물론 자료를 정리하거나, 복잡한 일정을 관리하거나, 밤새도록 전 세계 주식 창을 보는 등의 고된 업무는 사라졌지만, 그렇다고 해서 지금이 덜 피곤한 건 아니었다. 세상에 안 힘든 일은 없었다.

퇴근길 버스 정류장 앞, 나는 집에 가 충전기에 꽂힐 생각밖에 없었다. 오늘도 남은 배터리는 한 자릿수, 더 이상 무엇하나 제대로 작동할 힘조차 남아 있지 않았다. 그런데 고단함에 잠식되어 고개를 푹 숙이고 있는 나와 달리, 주변의 다른 녀석들은 퇴근 시간에도 어딘가 활기차 보였다. 알록달록한 케이스를 뽐내며, 너도나도 무언가 열심히 찍어대고 있었다.

전 주인에게 혹사당한 덕분에 AP, 메모리, 배터리와 같은 주요 부품들은 이미 몇 년 사이에 교체해야 할 정도로 낡아졌지만, 카메라 렌즈는 쓸 일이 없어 몇 년이 지나도 새것처럼 깨끗했다. 쓸데없이 너무 고사양인 내 카메라는 이제껏 그저 사는 데 필요한 생활 정보나 업무 자료만 찍어왔다. 그런데 알록달록이들은 뭘 그리 맨날 찍는 걸까. 궁금한 마음에 주머니 사이로 얼굴을 빼꼼히 내밀었다. 그 피사체는 다름 아닌 저녁노을이었다.

그날따라 하늘이 주황빛으로 유난히 짙게 물들어 있었고, 구름은 그사이를 부드럽게 떠다녔다. 그 광경이 아름답다는 건 알았지만, 솔직히 말하면 내게는 그저 매일 보는 풍경에 불과했다. 하루 종일 혹사당해 배터리까지 간당간당한 마당에, 노을을 찍어야 할 이유도, 힘도 남아 있지 않았다. 잠시나마 눈을 감고 쉼을 청하고 싶었다.

그런데 그 순간, 갑자기 백만 년 만에 카메라 앱이 켜졌다. 렌즈 앞에 펼쳐진 세상이 선명하게 화면 속으로 들어왔다.

범인은 꽃무늬 원피스의 새 주인이었다. '하루 종일 그렇게 써먹더니, 이제는 굳이 노을까지 찍겠다고?' 짜증 섞인 생각이 머리를 스쳤다. 하지만 곧 다른 감정이 밀려왔다. 새 주인은 노을을 최대한 잘 찍기 위해 나를 이리저리 움직이며 구도를 맞췄다. 평생 그런 일을 해본 적이 없던 나인지라, 우스꽝스러운 자세를 한 내 모습이 어색해 민망함이 몰려왔다. 어쩐지 쥐구멍이라도 있으면 숨고 싶은 기분이었다. 당황한 나머지 몸이 발열될 정도였다.

　모두가 잠든 새벽 시간, 나는 몰래 사진첩을 열었다. 새 주인을 만나고 찍은 첫 번째 사진. 서비스 센터에서 깨졌던 화면까지 수리한 덕분인지, 화면 속 노을은 실제보다 더 붉게 빛나고 있었다. 하지만 그 강렬한 색감만큼이나 내 삶도 뚜렷해졌냐고 묻는다면, 꼭 그렇진 않았다. 분명 내 렌즈를 통해 찍은 내 사진인데, 어쩐지 내 것이 아닌 듯한 이질감이 들었다. 사진을 찍던 순간 나는 어떤 생각을 했는지, 어떤 감정을 느꼈는지, 전혀 떠오르지 않았다. 그래서 마치 남의 사진을 보는 것 같은 묘한 기분이 들었다.

　그전에도 앨범에는 사진이 많지 않았다. 와이파이 비밀번호 사진, 회사 업무 연락처 목록 파일, 관리비 납부 날짜나 월세 계약서 같은, 말 그대로 사는 데 필요한 실용적이고 무미건조한 기록물들이 전부였다. 그랬던 내게 붉은색 노을 사진 한 장이 들어오면서, 이상하게 마음이 흔들리기 시작했다. 늘 흑백으로만 가득했던 내 마음에, 그 노을의 붉은빛이 파장을 일으킨 것이다.

그렇게 밤새도록 사진을 바라봤다. 화면을 켜고, 끄고, 다시 켜기를 반복하면서 내 렌즈로 담은 그 순간을 몇 번이고 확인했다. 그러다 보니 어느새 아침이 되었고, 배터리는 10%밖에 남아 있지 않았다. 이른 아침부터 벌어진 불상사에 순간 식은땀이 났다. 다행히 근처에 무선 충전기가 있어서, 새 주인이 잠에서 깨기 전에 급히 충전 패드 위에 올라탔다. 따뜻한 충전 패드의 열기를 느끼며 안도했다. 그리고 에너지를 회복하며 다시금 생각에 잠겼다.

'왜 저 사진 한 장이 이토록 나를 흔드는 걸까?'

아마 나조차도 몰랐던 내 안의 새로운 모습을 발견했기 때문일지도 모른다. 사진에 별 관심이 없는 줄 알았던 내가,

화면 속 붉은빛 잔상이 떠오를 때마다, 나도 모르게 그 순간으로 되돌아가고 싶어졌다.

게다가 신기하게도 배터리가 10%도 남아 있지 않았는데, 예전처럼 피곤함에 지쳐있다는 느낌이 전혀 들지 않았다. **아마도 내게 정말 필요했던 건, 단순히 물리적인 충전이 아니라, 내면의 충전이었을지도 모른다.** 어쩌면 나는 그동안 감정 없이 반복된 하루하루에 조금씩 무너지고 있었던 것 같다. 나를 움직이게 하고, 살아있다고 느끼게 하는 건, 단지 충전기의 전류가 아니라, 이런 작고 특별한 순간일지도.

그 후로 내 사진첩에는 이전엔 상상조차 할 수도 없었던 사진들이 하나둘 늘어나기 시작했다. 그 시작은 물론 노을 사진이었다. 무채색으로만 가득했던 내 세상에 뜻밖의 침입자가 등장한 셈이었다. 그 침입자는 단조롭던 나의 일상에 알록달록한 색을 입히기 시작했다.

아침에 내린 새하얀 커피 거품이 너무나 풍성하고 깨끗해서, 출근길에 만난 노란 개나리가 봄의 시작을 명랑하게 알려줘서, 사무실 창밖으로 보이는 무지개의 일곱 빛깔이 너무 영롱해서,

꽉 막힌 도로 위, 파란 하늘과 솜사탕처럼 폭신한 뭉게구름이 하루의 피로를 녹여줘서,

거리에서 연주하는 어린 밴드 멤버들의 반짝이는 순간이 설레어서,

바닷속 알록달록 물고기들이 펼치는 세계가 너무 신비로워서,

집을 잘못 찾아온 고양이의 온기가 나를 포근하게 감싸줘서,

밤하늘을 가득 채운 불꽃놀이가 화려하고 낭만적이어서,

나는 그 모든 순간을 찍었다.

내 카메라 성능이 이렇게 뛰어나다는 사실을 새삼 알게 됐다. 지금까지 제대로 사용하지 못했을 뿐, 나도 세상의 아름다움을 충분히 누릴 수 있는 존재였다. 그동안 바쁘다는 핑계로 순간의 아름다움을 놓치고 살았다. 시간을 조금만 내어 렌즈를 들어 올리면, 세상은 이렇게 쉽게 아름다움을 선물해 주었는데 말이다. 그것들은 크게 대단하거나 특별한 장면이 아니었다. 내가 바라보는 자연의 풍경, 곁에 있는 좋은 사람들, 소소한 일상 속 숨겨진 행복들. 지나칠뻔한 찰나의 순간들을 카메라에 담으며 깨달았다. 이 작은 기쁨의 조각들이 모여, 삭막했던 나를 따스하고 생기 넘치는 존재로

변화시켜 주었다는 것을.

 그렇게 공허하고 건조하기만 했던 내 삶은 점차 달라지기 시작했다. 언젠가부터 새로운 케이스를 입은 내 모습이 어색하지 않았고, 좀 더 예쁜 사진을 찍기 위해 내 한 몸 발열시키는 일이 당연하게 느껴졌다. 어쩌면 이것이 내가 존재하는 이유일지도 모른다는 생각까지 들었다. 이제 나는 나의 렌즈를 통해 세상을 더욱 선명하고 따뜻하게 바라본다. 그 속에서 단순히 존재하는 것을 넘어, 살아있음을 느끼게 해주는 작은 아름다움들을 매일매일 발견한다.

 덕분에 매 순간이 더 소중해졌다.
 오늘 하루 내게 일어나는 일들이 아무리 비슷해 보일지라도, 절대 같은 방식으로 또 찾아오지 않으니까.
 그래서 이제는 그런 찰나의 순간들을 놓치고 싶지 않다.
 그 순간을 사진에 담아 영원히 간직하려 한다.

 마치 저녁노을이 내 마음을 조용히 붉게 물들인 것처럼, 말로 표현하지 않아도 느껴지는 사진 한 장 속 온기를 온전히 내 것으로 만들고 싶다.

하얀 도화지

초등학생 때 처음이자 마지막으로 미술학원에 다닌 적이 있었다. 어릴 때부터 미술에 소질이 있었던 언니가 부러워, 언니를 따라 학교 근처 학원에 등록했다. 알록달록한 물감과 깨끗한 도화지가 나를 기다릴 것 같은 설렘은 학원 문을 열던 순간까지만 이어졌다. 기대와 달리 첫 주에는 새까만 연필로 선 그리기 연습만 해야 했다. 하얀 도화지 위에 자유롭게 물감을 칠하는 나를 상상했건만, 현실은 연필을 쥐는 법부터 얇은 선과 굵은 선을 그리는 기초적인 작업만 이어졌다.

 몇 주간의 인고 끝에 드디어 데생을 배운 날이었다. '나도 이제 그림다운 그림을 그리는구나!'라는 생각에 가슴이 뛰었다. 선생님은 그동안 연습했던 선 긋는 법을 활용해 석고상을 그려보라고 하셨다. 선 하나라도 삐뚤어지지 않도록, 굵기가 의도한 대로 나타나도록, 한 땀 한 땀 신중하게 작업했다.

 하지만 기대했던 만큼의 결과는 좀처럼 나오지 않았다. 금방 쓱싹 완성될 줄 알았던 석고상 그림은 며칠이 지나도 끝날 기미가 보이지 않았다. 반 아이들이 하나둘 그림을 완성해 가는 동안, 내 도화지는 여전히 하얗게 남아 있었다. 나는 지우개를 세 개씩이나 써가며 선을 긋고 지우는 일을 반복했다. 도화지는 점점 얇아지고 구겨졌으며, 내 마음도 함께 조급해졌다. 완벽하게 그리고 싶은 욕망은 커져만 가는데, 내 손끝은 그 기대에 부응하지 못했다. 실망감에 지친 나는 결국 그림 그리기를 포기했다. 두 달 만에 학원을 그만두었고, 이후 나는 그림을 멀리하게 되었다.

성인이 되고 나서도 그림 그릴 일은 생기지 않았다. 흥미를 잃은 것은 물론이고, 미술은 예술적으로 조예가 깊은 사람만이 즐기는 고급 취미라는 선입견이 있었다. 그러다 우울증으로 병원을 찾게 되면서, 예상치 못하게 그림과 다시 마주하게 되었다. 의사 선생님은 내 안에 쌓인 답답함과 슬픔을 어떻게든 밖으로 표출해야 한다고 말씀하셨다. 그러면서 억눌린 감정을 해소할 방법으로 그림을 추천하셨는데, 그 순간 나는 잠시 멍해졌다. 어린 시절 선을 긋고, 지우고, 또다시 지우던 좌절의 시간이 떠올랐기 때문이다. 잘하지 못해서 금방 포기했었다는 말을 들으신 선생님은 부드러운 미소를 지으며 내게 말했다.

"지금 우리는 잘하거나 못하는 게 중요한 게 아니에요. 어떤 색을 쓰고 싶은지, 어떤 모양을 그리고 싶은지, 오직 내 마음에만 집중하고 느껴보세요."

그날 집으로 돌아와 창고에 방치되어 있던 미술 도구들을 꺼냈다. 손때가 묻은 붓과 마른 물감을 손에 쥐니, 마치 오래된 추억 속으로 여행을 떠나는 기분이 들었다. 그림을 그리는 것에는 싫은 기억만 남아 있는 줄 알았는데, 아니었다.

낡은 도구를 손에 쥔 순간, 마음속 깊이 숨어있던 미묘한 설 렘이 봄꽃처럼 살짝 피어났다.

　좋아하는 색의 물감을 몇 개 골라 하얀 도화지 앞에 앉았 다. 하지만 정작 손은 쉽게 움직이지 않았다. 붓을 들었다 가 이내 내려놓고, 다시 집어 들었다가 또다시 내려놓기를 반복했다. 머릿속에는 수많은 이미지가 떠올랐지만, 막상 붓을 도화지에 댈 용기가 나지 않았다. 한번 시작하면 돌이 킬 수 없다는 생각이 나를 붙잡고 있었던 것 같다. 머릿속 은 하얀 도화지처럼 새하얘졌고, 나는 선뜻 시작하지 못했 다. 그러다 문득 학원에서 배웠던 기술이 떠올랐다. '아 맞 다 연필!' 실패해도 지우개로 지울 수 있는 그림의 가장 기 본적인 도구. 마음에 들지 않으면 언제든 지울 수 있다는 생 각에 안도감이 들었다.

　그릴 것을 정해야 했기에, 무작정 명화를 찾아보았다. 그 러다 익숙한 빈센트 반 고흐의 〈별이 빛나는 밤〉이 눈에 들어와, 연필로 밑그림 그리기 시작했다. 조금이라도 선이 틀어질까 봐 신경을 곤두세웠고, 지우개를 반복해서 써가 며 밑그림 하나를 완성하는 데 꼬박 이주의 시간을 보냈다.

게다가 붓으로 하늘에 색을 입히는 데만 일주일이 더 걸렸다. 솔직히 치유고 뭐고 다 모르겠고, 그저 힘들기만 했다. 복잡한 마음을 비우고 싶어 시작한 일이었는데, 내게 남은 건 스트레스뿐이었다.

그래서 과감한 선택을 하기로 했다. 몇 주간 공들였던 도화지를 버리는 것. 몇 번이고 지우고 덧칠하며 애썼던 나의 노력이 아까웠지만, 버리지 않으면 새롭게 시작할 수 없을 것 같았다. 생각해 보면, 학교나 학원 밖에서 그림을 그려본 건 이때가 처음이었다. 어릴 적에는 미술 선생님의 지시에 따라 정해진 틀 안에서 그림을 완성했고, 언제나 평가받을 준비가 되어있었다. 하지만 이번엔 달랐다. 내가 그리는 그림은 누구를 위한 것도 아니었고, 누군가의 칭찬이나 비판이 필요하지도 않았다. 이 하얀 도화지는 오로지 나를 위한 나의 것이었다. 그 단순하고 명료한 사실 하나에만 집중하기로 했다.

"까짓것, 하고 싶은 대로 그냥 한번 해보자!" 연필을 집어 던지고, 붓을 들어 가장 좋아하는 파란색 물감을 묻혔다. 더 이상 어떤 고민도 하지 않기로, 머리로 재단하기 전에 손을 먼저 움직여 보기로 했다. 도화지 위에 붓을 내리자, 하얀 도화지는 순식간에 진한 파란색으로 물들었다. 밑그림 없이 그저 마음이 가는 대로 칠해 본 배경이 의외로 꽤 마음에 들었다. 칠할수록 자유로움과 묘한 쾌감이 느껴졌다.

　그러다 나도 모르게 '이제 뭘 어떻게 하면 좋을까?' 하고 작게나마 계획을 세우려는 자신을 발견하면, 재빨리 고개를 휘저으며 마음을 다잡았다. 그냥 마음 가는 대로 팔레트에 아무 물감을 덜어내고, 붓에 가득 묻혔다. 그리고 도화지 위로 튀기듯 물감을 뿌렸다. 형형색색의 물감 방울들이 파란 배경 위로 흩어지며 반짝였다. 마치 밤하늘에 별들이 빛을 내는 것 같았다. 그 후로는 손이 움직이는 대로, 마음이 시키는 대로 여백을 채워 나갔다. 어느새 도화지 위에는, 나만의 방식으로 새롭게 그려낸 〈별이 빛나는 밤〉이 완성되어 있었다. 나는 이 그림에 〈첫걸음〉이라는 이름을 붙였다.

　진짜 〈별이 빛나는 밤〉은 몇 주간 고생해도 완성하지 못했는데, 큰 계획 없이 마음 가는 대로 그린 내 그림은 단 몇 시간 만에 완성됐다. 물론, 객관적으로 〈첫걸음〉은 훌륭한 작품은 아니다. 선은 어설프고, 색도 어딘가 조화롭지 못해 빈틈이 많다. 하지만 그런 어설픈 구석이 오히려 나와 닮아 보인다. 완벽하지 않아서, 실수투성이여서, 그게 더 애틋하게 느껴진다.

그림 그리기는 내 것이 아니라고 생각했다. 미술학원을 다닐 때 느꼈던 좌절과 실패의 기억이 나와 그림 사이에 보이지 않는 벽을 쌓아두었기 때문이다. 처음에는 당연히 어색했다. 오랜만에 낯선 도구를 손에 쥐고 하얀 도화지 앞에 앉아 있으면, 어릴 적 느꼈던 부담감이 고스란히 떠올랐으니까. 하지만 잘 그리려고 애쓰지 않아도 되고, 정해진 틀에 나를 맞추지 않아도 괜찮다는 사실이 마음을 가볍게 해주었다. 오히려 마음 가는 대로 선을 긋고 색을 채우다 보니, 내 안에 쌓여 있던 묵은 감정들이 터져 나오는 듯한 해방감을 느꼈다. 그 과정은 마치 복싱과 비슷했다. 글러브를 끼고 샌드백을 힘껏 때릴 때처럼, 내 안에 억눌린 감정들이 물감과 붓을 통해 도화지 위로 분출되었다.

하얀 도화지를 보고 있으면 무궁무진하다는 말이 떠오른다. 도화지는 무엇이든 받아낼 준비가 된 순백의 상태다. 뭐든 그릴 수 있고, 뭐든 될 수 있는, 가능성의 공간. 그 위에선 실수도 허용된다. 만약 잘못되더라도 하얀 물감을 덧칠하면 감쪽같이 사라지고, 새롭게 시작할 수 있으니까. 인생이라고 뭐 다를까 싶다. 다시 덧칠할 수 있는 순간은 분명 존재한다. 한 번의 선택이 전부를 결정짓지 않고, 한 번의 실패가 끝을 의미하지 않는다. 그러니 포기하지 말고, 언제든 다시 붓을 들어보자.

요즘도 마음이 답답하고 복잡할 때면 도화지를 꺼내 든다. 새하얀 종이에 내가 좋아하는 색을 가득 채우기 시작하면, 어느새 마음의 무게가 조금씩 가벼워지는 걸 느낀다. 다양한 색으로 채워진 도화지를 바라볼 때면, 그 공간만큼 내 마음도 풍족해지는 것 같다.

치료 기간에 그린 그림들을 모아 보니 유독 꽃이 많았다. 장미, 수국, 해바라기, 개나리, 안개꽃. 각기 다른 색깔과 모양을 가진 꽃들이 도화지를 가득 채우고 있었다. 특히 알록달록한 꽃밭으로 도화지를 꽉 채운 그림들이 많았는데, 어쩌면 은연중에 내 마음을 표현한 것인지도 모르겠다.

언젠가는 그 꽃들처럼 활짝 피어나기를.

1인분의 삶

  가장 먹성이 폭발하는 시기는 단연 고등학생 때다. 한창 먹을 때라고는 하지만, 그 시절 나는 어떻게 그렇게 잘 먹었나 싶을 정도로 많이 먹었다. 그래서일까? 떡볶이집 사장님은 1인분을 시켜도 항상 그릇이 넘치도록 담아주셨다. 1인분이라는 게 믿기지 않을 정도로 푸짐했다. 그런데 최근 백화점 푸드코트에서 떡볶이 1인분을 주문했다가 꽤 놀랐던 기억이 있다. 웬걸, 떡은 고작 6개, 어묵은 달랑 2개뿐이었다. 아무리 봐도 이건 1인분이라고 하기엔 부족해 보였다.

그런데 그보다 더 놀랐던 건, 같이 갔던 친구는 양이 많다며 떡 한 개를 남긴 것이었다. 내게는 턱없이 부족한 1인분이, 친구에게는 충분한 1인분이었다. 이 사소한 차이가 어쩌면 우리 삶의 다양한 모습을 그대로 보여주는 것 같았다.

각자 생각하는 1인분은 모두 다르다. 누군가에게 부족한 양이 다른 누군가에게는 적당하거나 심지어 과하기까지 하다. 식당마다 1인분의 양이 다른 것도 기준을 정하는 사람이 다르기 때문이다. 결국, 1인분이란 누가 정의하느냐에 따라 달라지는 상대적 개념이다.

흔히 사회 구성원으로서 제 몫을 다하며 살아가는 것을 '1인분의 삶'이라 표현한다. 너무 뒤처지지도 않고, 너무 넘치지도 않는, 적당하고 평범한 삶. 하지만 평범한 삶이 때로는 가장 어려운 도전처럼 느껴질 때도 있다.

한때 '잠깐 멈춤'의 시간을 보내고, 다시 직장에 취직하기 위해 면접을 본 적이 있었다. 공백 기간에 무엇을 했는지 묻는 면접관에게 나는 차마 우울증 때문이라 말할 용기가 없었다. 남들처럼 평범한 삶을 살아오지 않은 것에 대한 시선이 두려웠다. 그렇다고 해서 내가 그 시간을 허투루 보냈던 것은 아니었다. 오히려 나 자신을 돌아보고, 내가 진정 원하는 인생이 무엇인지 깊이 고민할 수 있었던 소중한 시간이었다. 단순한 휴식기가 아닌, 나를 발견해 가는 과정이었다는 것을 누구보다 잘 알고 있었지만, 진실을 입 밖으로 꺼낼 수 없었다. 연속성과 안정성을 중요시하는 사회에게 이해받지 못할 일이라 생각했다.

우리 사회는 나이대에 따른 기대와 역할이 명확히 구분되어 있다. 특정 시기마다 반드시 이뤄내야 할 인생 과제들이 자연스레 주어지는 구조다. 예를 들어, 스무 살에는 대학에 진학하고, 4년~6년 안에 졸업하며, 스물넷에서 스물여덟 사이에는 안정적인 직장을 구해야 한다. 30대에 결혼하고, 1~2년 안에 아이를 낳아 가정을 꾸리며, 40대에는 자녀 교육에 집중한다. 50대에는 빚을 내서라도 반드시 내 집을 마련하고, 60대에는 은퇴를 준비하며, 70대에는 노후 자금으로 여생을 보낸다. 물론 개인의 상황에 따라 약간의 차이는 있겠지만, 이것이 우리 사회에서 통용되는 평범한 삶의 기준이다.

'이 나이에는 반드시 무엇을 해야 한다.', '이 정도는 하고 살아야 정상이다.'라는 고정관념이 우리 사회에 강하게 자리 잡고 있다. 일을 잠깐 쉬는 공백 기간조차 허용되지 않는 분위기. 개인이 시스템을 잠깐이라도 이탈하면, 다시는 정상 궤도로 돌아갈 수 없을 거라는 두려움이 사회 전반에 팽배하다. 사회가 정해 놓은 기준이나 위치에 충족하지 못하면 실패자로 분류되거나 조롱의 대상이 되는 일도 흔하다. 결혼, 취업, 내 집 마련, 은퇴까지 모든 것이 정해진 틀에서 이루어져야만 정상적인 삶으로 여겨지는 이 현실은, 이걸 이루지 못한 개인에게 엄청난 압박으로 다가온다.

나는 나만의 속도와 루틴대로 잘살고 있다고 믿었다. 하지만 간접적으로라도 "지금쯤 이런 걸 해야지, 지금까지 그것도 안 하고 뭐 했어?"와 같은 말을 듣게 되면, 마치 내 삶에 대한 가치가 한순간에 바닥으로 곤두박질치는 기분이 들었다. 세상이 만든 '정해진 시간표'에 나를 맞추지 못했다는 사실에 낙담했고, 꼭 잘못된 인생을 살고 있는 것 같았다. 한 해가 지날수록 두려운 마음이 들었다. 남들은 지금 이 시기에 맞는 무언가를 이루고 있는데, 그 흐름과 동떨어진 삶을 사는 내가 낙오자처럼 보여 마음은 조급해졌고, 불안이 사라지지 않았다.

왜 우리는 사회가 만들어 놓은 기준을 벗어나는 것에 대해 이토록 민감하게 반응하는 걸까?

인간은 사회적 동물이다. 소속감은 인간에게 있어서 매우 중요한 요소 중 하나이며, 다른 사람들과 함께 속해 있다는 것만으로도 안정감을 느낀다. 우리는 자신을 소개할 때조차 사회적 집단에 맞춰 이야기한다. '무슨 대학교 무슨 전공의 누구', '무슨 회사 무슨 부서의 누구'처럼, 자신의 정체성을 말할 때 '개인'보다는 '집단'에 중점을 둔다. 다시 말해 사회의 통념을 벗어난다는 것은 우리가 속한 집단과의 단절을 의미한다. 자신만의 길을 걷는 사람은 다른 이들에게 사회의 기준을 따르지 않는 돌연변이로 인식되기 쉽다. 불확실한 것을 가까이하려 하지 않는 인간의 본능적인 심리 때문에 이 돌연변이(?)들은 고립되는 것이다.

그러나 사회의 통념대로 사는 사람만이 가치 있는 인간이 아니다. 각자의 기준에 따라 자신만의 방식으로 치열하게 인생을 일궈낸 모두가 충분한 '1인분의 삶'을 살아내고 있는 사람이다. 그렇기에 누구도 다른 사람에게 이렇게 살아야 한다며 훈수 두거나, 그 삶을 평가 절하해서는 안 된다.

'잠깐 멈춤'의 시간을 통해 여러 곳을 여행하며 다양한 문화를 배웠다. 도자기를 배우며, 한낱 흙이라 여겼던 존재가 정성과 시간을 들이면 아름다운 형태로 변할 수 있다는 것에 감탄했다. 낚시를 배우며, 기다림 속에서도 각자만의 인생 리듬이 존재한다는 걸 깨달았다. 혼자 연극이나 뮤지컬을 보러 갔을 때는, 무대 위 인물들의 서사와 성장을 눈앞에서 목격하며 나와 비슷한 상황이나 감정에 공감하고 감동받았다. 생김새와 가치관이 전혀 다른 사람들과 대화하면서, 내가 가지고 있던 생각이 얼마나 편협했는지 새삼 깨달아가기도 했다. 이러한 경험들이 모여 나를 성장시켰고, 내 삶을 더욱 풍요롭게 만들었다. 그렇게 쌓인 나만의 경험들이 지금의 나, 그리고 나만의 '1인분'을 만들어주었다.

아무래도 열차에 잘못 탑승한 것 같아 중간에 내리고 싶지만, 달리는 열차에서 뛰어내리면 인생이 끝장날까 두려운 건 아주 당연하고 자연스러운 감정 같다. 그럼에도 열차가 계속해서 원치 않는 방향으로 전진한다면, 거기서 뛰어

내리는 것 또한 결코 나쁜 선택이 아닐 것이다. 잘못된 길에서 벗어나기 위해서는 용기가 필요한 법이니까. 끝이 아닌, 새로운 가능성을 맞이하기 위한 첫걸음. 가끔은 멈추고, 내려서, 새로운 방향을 찾는 일이야말로 진정으로 나다운 인생을 찾아가는 과정이 아닐까.

삶이 무기력하고 아무런 즐거움이 없을 때 억지로 나를 질질 끌고 가지 않아도 된다. 잠깐 기차에서 내려, 또 다른 나만의 1인분을 새롭게 시작할 수 있는 기회를 가져보자. 누군가는 시간 낭비라고, 쓸모없는 일이라며 비난하고 야유할지 몰라도, 내가 그 가치를 인정하면 된다. 내 삶의 주체는 오롯이 나 자신이기 때문이다.

'1인분의 삶'이 누군가에게는 하루하루 열심히 버텨낸 것일 수 있고, 또 다른 누군가에게는 큰 목표를 이루기 위해 꾸준히 나아가는 과정일 수도 있다. 어떤 모습이든, 그 어느 것도 틀리지 않았다. 세상에 정해진 1인분은 없다. 내가 원하는 대로 살아가는 것 자체가, 이미 충분히 가치 있는 1인분의 삶이니까.

행복 마일리지

 과거의 나는 행복이 무엇인지 알지 못했다. "행복에 대해 뭐라고 생각하세요?"라는 간단한 질문에도 꿀 먹은 벙어리가 되었으니까. 행복이라는 말은 참 많이 들어봤지만, 정작 그것이 무엇인지, 내가 언제 행복했는지 떠올릴 수 없었다. 사람들은 흔히 즐겁고, 불안하지 않고, 근심과 아픔이 없는 상태를 '행복'이라 말한다. 평안하고 안정된 상태가 되었을 때 행복을 느낀다고. 맞는 말인 것 같다. 그런데 살다 보니, 평안하고 안정된 상태가 때때로 찾아오긴 했지만, 오래 머무르지 않는다는 걸 알게 되었다. 하루하루 새로운 문제들로 가득했기에, 대부분 그걸 해결하기에만 급급했다.

대학생 시절, 나는 학점 관리와 아르바이트에 모든 신경을 쏟아부었다. 더 나은 미래를 위해, 더 안정된 삶을 위해, 지금의 일상은 포기해도 괜찮다고 여겼다. 캠퍼스의 여유로운 일상이나 친구들과 소소한 추억을 쌓는 시간은 나의 우선순위에서 늘 뒤로 밀려났다. 그때는 그게 당연하다 생각했다. 하지만 시간이 지나고 보니, 그 시절에만 누릴 수 있었던 특별한 순간들을 놓친 것에 대한 아쉬움이 여전히 남아 있다.

건강 역시 희생의 대상이었다. '지금은 바쁘니까, 나중에 여유가 생기면 신경 쓰자.'라는 핑계로 나를 돌보지 않았다. 매일 업무에 치여 수면시간은 부족했고, 식습관도 엉망이었으며, 스트레스를 관리할 여유조차 없었다. 그렇게 몸과 마음이 무너지고 있다는 사실을 인지하지 못한 채 버티기에 급급했다.

나는 그동안 더 나은 미래를 위해 현재의 고통은 견뎌야 한다고 믿었다. '조금만 더 참으면, 조금만 더 노력하면, 언젠가 행복해질 거야.'라는 생각으로 스스로를 위로하며 하루하루를 버텼다. 하지만 미래란 결국, 지금의 나를 바탕으로 차곡차곡 쌓여가는 것이었다. 그 현재가 불행하고 지쳐 있다면, 꿈꾸는 행복한 미래를 마주할 힘은 남아 있지 않게 된다.

이제는 "나중에."를 외치며 오늘을 희생하기보다는, 작은 행복을 통해 오늘을 빛나게 만들며 살아가고 싶다. 좋아하는 사람과 한강에서 여유롭게 맥주를 마시고, 강아지와 마음껏 산책하며 웃고, 맛있는 음식을 골고루 먹는 즐거움. 가족들과 하루의 일상에 대해 소소한 담소를 나누고, 예전부터 하고 싶었던 일에 도전하며 두근거리는 설렘을 느끼고, 바빠서 못 봤던 TV 프로그램을 주말에 몰아보는 여유까지. 이런 사소한 순간들은 비록 화려하지 않아도, 하루치 행복 할당량을 충분히 채워주는 힘이 있다. 어쩌면 행복은 특별한 것이 아니라, 이렇게 평범한 일상의 구석구석에 숨어있는지도 모른다.

행복을 마일리지처럼 성실히 쌓을 수 있는 사람만이 진정한 행복을 누릴 수 있다는 생각이 든다. 어려운 상황 속에서도 작은 행복을 발견하고 그것을 소중히 여길 줄 아는 사람이, 나중에 찾아오는 평온한 일상에서도 그 행복을 더 깊고 풍성하게 누리는 것처럼 말이다. 행복은 단순히 순간적인 즐거움에서 오는 것이 아니라, 마음의 평온에서 비롯되기 때문이다. 그 마음이 풍족하고, 평안하며, 자유로울 때, 비로소 행복은 깊고 오래 내 안에 머물게 된다.

과거의 나는 행복을 막연하게만 생각했다. 행복이란 무엇인지, 내가 언제 행복했는지조차 떠올리지 못했다. 행복이 너무 거창한 목표처럼 느껴져, 모호하고 어렵게만 다가왔던 것 같다.

하지만 이제는 아니다. 무엇을 하면 내가 행복한지, 어디에서 나만의 행복을 찾아야 하는지, 알고 있다. 행복은 특별한 날이나 거대한 성취 속에서만 존재하는 게 아니었다. 일상 속 소소한 즐거움, 스스로를 믿어주는 태도, 그리고 내가 어떤 상태일 때 편안하고 만족스러운지를 이해하는 것에서부터 시작되었다.

현재의 불행을 견디는 것이, 절대 미래의 행복을 보장하지 않는다. 오히려 현재를 희생하며 보내는 시간이 미래의 나를 더욱 지치고 텅 빈 상태로 만들 뿐이다. 이제는 더 나은 미래를 위해 현재를 희생하는 것이 아닌, 오늘을 즐겁게 살고 지금 내 행복을 쟁취하는 삶을 선택하려 한다. 행복은 바로 지금 이 순간에도 내 옆에 있으니까.

나는 이제 '행복이 뭐라고 생각하세요?'라는 질문에 자신 있게 답할 수 있는 단단한 사람이 되었다.

행복이란:
나의 모든 순간을 사랑하는 것

안녕.

정말 오랜만에 너에게 편지를 보내.

너를 보면 어떤 말을 해야 할지 늘 고민이었는데,

오늘은 조금 솔직하게 내 마음을 털어 놓아보려고 해.

몇 년 동안 네가 나를 쫓아다니던 시절이 있었지.

그때는 말하지 못했지만, 사실 정말 많이 힘들었어.

목구멍까지 차오르던 말,

"제발 나 좀 신경 쓰지 말고, 지금 네 인생을 살아!"

하지만 끝내 그 말을 꺼낼 수 없었어. 너도 이유를 알고 있지?

맞아. 네가 또 상처받을까 봐 못했어.

난 네가 아파하는 게 세상에서 가장 두렵거든.

솔직히 이 편지를 쓰는 동안 한참 망설였어.

너에게 무심했던 지난날들을 떠올릴 때마다,

여전히 마음이 무거웠거든.

그래도 오늘만큼은 용기를 내서,

너에게 정말 하고 싶었던 말을 전해보려 해.

실은 말이야, 나도 나만의 시간이 필요했어.

내게도 이루고 싶은 목표가 있고, 가고 싶은 길이 있거든.

그런데 너와 얘기할수록

내 삶의 주도권이 점점 사라지는 기분이 들었어.

너는 나를 위해 너무 많은 것을 희생했지만,

나한테는 그게 때론 너무 버겁고 무거운 짐처럼 느껴졌거든.

네 기대에 부응하지 못할까 봐 두려웠고,

그 압박이 매일 나를 짓눌렀어.

너는 내가 지친 것도 모르고 끊임없이 나를 밀어붙였지.

그 강요가 때론 감당하기 힘들 만큼 벅차게 느껴졌어.

세상이 너를 외면할 때마다 얼마나 아팠는지,

그리고 네가 그 속에서 얼마나 치열하게 살았는지,

나는 다 알아.

내가 모르면 누가 알겠어.

그런데 네가 그렇게까지 치열했던 이유가

결국엔 나 때문이었다는 사실을 알게 됐을 때,

솔직히 마음 한구석이 조금 쓰라렸어.

너는 너 자신의 행복이 아닌,

더 멋진 존재가 될 나를 위해서만 살았으니까.

너는 네가 아프고 힘들어도,

내가 잘될 수만 있다면 뭐든지 감수했으니까.

고마운 마음보다,

안쓰럽고 안타까운 마음이 훨씬 더 컸던 거 같아.

그래서 그런 너를 보며,

나를 향한 희망과 기대를 빼앗아 갈 수밖에 없었어.

나를 불투명하게 만들어서라도,

너를 현재의 너에게만 집중시키고 싶었거든.

그래서 잠시 너를 멀리할 수밖에 없었던 거야.

잠깐이라도 나를 잊고 너를 위해 살아보라고.

내가 어떻게 될지 더는 걱정하지 말고,

네가 현재에 누릴 수 있는 것들을 전부 누려 보라고.

이번 기회에 네가 나보다는

너를 더 사랑하는 계기가 됐으면 했는데,

생각보다 네가 너무 힘든 시간을 보낸 것 같아,

마음이 정말 아팠어. 미안해.

사실, 나도 모른 척하기가 정말 힘들었어.

그럼에도 불구하고, 네가 결국 너만의 돌파구를 찾아냈을 때,

말로 다 표현할 수 없을 정도로 얼마나 기뻤는지 몰라.

네가 나를 의식하지 않는 순간,

너는 비로소 자유로워졌고,

예전보다 더 빛나고 단단해졌어.

꼭 기억했으면 좋겠어.

너는 너 스스로에게 사랑받을 자격이 충분히 있는 사람이야.

나는 그 누구보다 너를 응원해.

네가 최고로 행복했으면 좋겠어.

네가 다른 누구도 아닌,

지금의 너 자신을 더 사랑했으면 좋겠어.

그래야 비로소 나도 나를 더 사랑할 수 있을 것 같아.

그래서 이제는 나도 너처럼 한번 해보려고.

누구보다 나를 먼저 아끼고, 나를 가장 사랑하는 일.

솔직히 예전엔 그게 너무 어렵게만 느껴졌는데,

네가 해냈으니까, 나도 분명 할 수 있을 거 같아.

고마워.

무너지지 않고 견뎌줘서,

포기하지 않고 끝까지 버텨줘서,

무엇보다 너를 네가 가장 사랑해줘서.

-미래의 내가,

과거와 현재를 살아가고 있는 너에게-

행복이 배송 완료되었습니다

책을 마무리하며, 문득 글을 처음 쓰기 시작했던 순간이 떠올랐다. 그때의 나는 '행복에 대해 이야기할 자격이 있는 사람인가?'라는 질문 앞에 오랫동안 망설이고 있었다. 과연 내 경험이 누군가에게 위로가 될 수 있을까? 현실과 동떨어진 말을 하는 건 아닐까? 그런 회의감에 사로잡히기도 했다. 그러는 동안 삶은 계속 흔들렸고, 지치고 힘든 순간 속에서 기대했던 행복은 점점 '배송 지연'되기도 했다.

그런데 책을 써 내려가면서, **행복은 단 하나의 형태로만 존재하지 않는다는 것**을 확실히 깨달았다. 하나가 사라지면 또 다른 모습으로 나를 다시 찾았고, 예상치 못한 순간에 새로운 방식으로 내게 마구 들이닥치기도 했다. 내게 온 행복이 어떤 모양으로 숨어있는지 알아차리기만 하면, 행복 불감증이었던 나조차도 쉽게 행복을 만끽할 수 있었다.

일상의 소소한 순간이 특별해지고, 별것 아닌 일에도 실컷 웃을 수 있는 그런 하루. 끝이 보이지 않던 어둠의 터널 속에서 나만의 빛을 발견하고, 스스로를 믿으며 다시 일어설 용기를 내보는 나를 되찾았다. 한때 버거웠던 삶이 이제는 그저 다정하게만 느껴지는, **나만의 해피엔딩**을 마주하게 된 것이다.

이 책이 당신에게도 그런 하루를 선사하는 작은 힘이 되길 간절히 바란다.

단 한 사람이라도 다시 일어설 용기를 낸다면,
그리고 그 사람이 지금 당신이라면,
정말 더할 나위 없이 좋겠다.

"당신의 행복은 뭐라고 생각하세요?"

행복은 아직 배송 중

초판 1쇄 인쇄	2025년 5월 23일
초판 1쇄 발행	2025년 6월 9일

지은이	마일리
펴낸이	이장우
책임편집	송세아
편집	심지연
일러스트	최종훈 @jh_ruddy
디자인	theambitious factory
제작	안소라 김소은
관리	김한다 한주연
인쇄	KUMBI PNP

펴낸곳	도서출판 꿈공장플러스
출판등록	제 406-2017-000160호
주소	서울시 성북구 보국문로 16가길 43-20 꿈공장 1층

이메일	ceo@dreambooks.kr
홈페이지	www.dreambooks.kr
인스타그램	@dreambooks.ceo

전화번호	02-6012-2734
팩스	031-624-4527

일부 맞춤법 및 띄어쓰기의 변형은 저자 고유의 글맛을 살리기 위함입니다.

ISBN	979-11-92134-94-9
정가	17,500원